Mordskäfer

Dieses Buch ist ein Roman. Handlungen und Personen sind frei erfunden. Ähnlichkeiten mit lebenden oder toten Personen sind nicht gewollt und rein zufällig.

KATHARINA SCHENDEL

Mordskäfer

LANDKRIMI

emons:

Bibliografische Information der Deutschen Nationalbibliothek
Die Deutsche Nationalbibliothek verzeichnet diese Publikation in der Deutschen Nationalbibliografie; detaillierte bibliografische Daten sind im Internet über http://dnb.d-nb.de abrufbar.

MIX
Papier aus verantwortungsvollen Quellen
FSC® C083411

Umschlagmotive: fotolia.com/moleskostudio, sxc.hu/Billy Alexander
Klappeninnenseiten: iStockphoto.com/MRaust
Umschlaggestaltung: Franziska Emons/Tobias Doetsch
Gestaltung Innenteil: César Satz & Grafik GmbH, Köln
Lektorat: Lisa Bitzer
Druck und Bindung: CPI – Clausen & Bosse, Leck
Printed in Germany 2014
ISBN 978-3-95451-298-0
Landkrimi
Originalausgabe

Für Norman, mit dem selbst die sauersten Äpfel
nach Zuckerwatte schmecken

Ein Dorf in Thüringen

Es war ein ganz normaler Sonntagnachmittag in Hummelstich. Die milde Maisonne strahlte auf das kleine nordthüringische Dorf am Fuße des Kyffhäusergebirges hinab und ließ die Dächer der niedlichen kleinen Häuser funkeln und glitzern. Der Himmel war strahlend blau, und die unverhohlene Glückseligkeit der Dorfbewohner thronte wie ein frühsommerliches Hochdruckgebiet über der Gemeinde.

In den penibel bepflanzten Vorgärten und aufgeräumten Hinterhöfen herrschte emsige Betriebsamkeit. Fröhliches Geklimper von allerlei Werkzeugen drang aus Scheunen, Kellern und von Dachböden auf die Straße und mischte sich mit dem Muhen, Gackern und Blöken von Kühen, Hühnern und Schafen. Hier klopfte ein Hammer im Einklang mit einer Bohrmaschine, dort erklang ein Duett von Winkelschleifer und Schweißgerät, wieder woanders heulte kurz ein Motor auf. Die frische Landluft roch nach Schmieröl und Benzin.

Wohin man auch blickte, das ganze Dorf war auf den Beinen und werkelte wie ein übereifriger Ameisenstaat. Jeder Bewohner, ob jung oder alt, ging mit emsiger Betriebsamkeit an sein Tagwerk. Es gab niemanden, der einfach nur faulenzte, sich in die Sonne legte und alle fünfe gerade sein ließ. Müßiggang war nicht die Sache der Hummelstichler. Dafür, so sagten sie, sei das Leben zu kurz. Und die Arbeit mache sich schließlich nicht von allein. So schraubten, bastelten und montierten sie; friemelten, lackierten, sägten, schweißten, schmierten, schliffen und polierten. Das taten sie mit solchem Enthusiasmus und derlei Leidenschaft, dass es beinahe unheimlich war. Ein Außenstehender mochte es sogar als Fanatismus bezeichnen. Kein Zweifel, die Hummelstichler trugen wieder einmal einen Wettstreit aus, und dabei waren sie ebenso beispiellos wie unerbittlich.

Tatsächlich waren es nur noch wenige Tage bis zum alljährlichen Mopsrennen, einer heiß geliebten lokalen Tradition, die so gar nichts mit Hunden, Heringen oder weiblichen Oberweiten zu tun hatte. Nein, beim Mopsrennen ging es um selbst gebaute Fahrzeuge, die zum einen schnell wie ein geölter Blitz sein sollten und zum anderen das größtmögliche Maß an Originalität vorweisen mussten. Dabei kamen oft die abenteuerlichsten Gefährte zum Vorschein, und es gab kaum ein Haushalts- oder Gartengerät, das beim Bau eines Gabel- oder Gelenkmopses noch nicht Verwendung gefunden hatte. Die ausgefallenen Kreationen, die von ihren Schöpfern meist mit phantasievollen Namen bedacht wurden, zeugten von handwerklichem Geschick und Einfallsreichtum. Prunkvoll, aber niemals verschwenderisch, farbgewaltig und formspektakulär, lautete die Devise. Dass die Hummelstichler eine künstlerische Ader besaßen, ließ sich nicht bestreiten.

Natürlich wurde es über die Jahre immer schwieriger, etwas ganz und gar Neuartiges oder Einzigartiges zu konstruieren. Deshalb spähte in diesen Tagen so manch einer argwöhnisch über den Zaun zu seinem Nachbarn, horchte an Türen, linste durch Schlüssellöcher oder versuchte mit Hilfe vermeintlich beiläufiger Fragen an nutzbringende Informationen über die Konkurrenzfahrzeuge zu gelangen. Je näher der Tag des Rennens rückte, umso stärker wurde der Spionagetrieb. Kurz vor dem Wettkampf war ganz Hummelstich stets ein einziger Horch- und Guckverein. Hatte man endlich seine Neugier gestillt und war hinter die Geheimnisse der gegnerischen Mopse gekommen, schlief man bedeutend ruhiger. Hatte man jedoch das Gefühl, dass einem die anderen um einen entscheidenden Schritt oder eine kreative Idee voraus waren, so ließ man sich den Schreck nicht anmerken, sondern rümpfte stattdessen empört die Nase, warf einen verächtlichen Blick auf das konkurrierende Gefährt und wendete sich schließlich mit zärtlichen Gesten wieder der eigenen Konstruktion zu.

In den umliegenden Dörfern und Städten eilte den Hummelstichlern der Ruf voraus, verschroben und kauzig, ja bisweilen etwas weltfremd zu sein. Man erzählte sich allerlei skurrile Geschichten über die Dorfbewohner; munkelte sogar von

Füchsen und Hasen, die sich hier Gute Nacht sagten. Meistens belächelte man sie. Doch das kümmerte die Hummelstichler wenig. Sie mochten ihren Ort und waren stolz darauf, sich mit ihrem Wetteifer und Einfallsreichtum von den Bewohnern anderer Ortschaften zu unterscheiden. Zugegeben, etwas naiv und blauäugig waren sie schon. Denn sie ahnten nicht, welch gefährdete Spezies sie waren. Wären sie Nasenaffen gewesen oder eine andere seltene Tierart, hätte man sie längst auf die Rote Liste gesetzt und ihnen den Stempel »Vom Aussterben bedroht« auf die Stirn gedrückt. Man hätte vielleicht Geld und Unterschriften zu ihrem Schutze gesammelt und bunt bedruckte Recyclingbroschüren verteilt. Sah man den Tatsachen nämlich einmal ins Auge, so musste man feststellen, dass die Hummelstichler hoffnungslos überaltert waren. Von insgesamt sechshundertneunundvierzig Einwohnern waren zwei Drittel bereits jenseits der fünfzig. Auf eine Taufe kamen sechsunddreißig Begräbniszeremonien, ein Umstand, der gleich zwei Bestatter und deren Familien ernährte und den Pfarrer regelmäßig in Depressionen stürzte. Mit dem Nachwuchs sah es in Hummelstich tatsächlich nicht sehr rosig aus, und es war nur noch eine Frage der Zeit, bis sich die erste spitze Zunge das Wort »Greisendorf« nicht mehr verkneifen können würde. Die Fortpflanzung war dabei nicht das Problem. Sie funktionierte so gut und so schlecht wie in anderen Gegenden auch. Vielmehr lockte ein neuzeitlicher gestaltloser Rattenfänger das Jungvolk aus dem Dorf. In der Fremde suchte es nach Dingen, die man hier oft nicht mehr fand: Reichtum, Perspektiven und eine Festanstellung.

Laut einer statistischen Erhebung gab es in Hummelstich nur noch dreiundvierzig Kinder und eins Komma fünf Säuglinge. Der sechs Wochen alte Knirps, der die dörfliche Altersstruktur so schamlos nach unten drückte, hieß Jonathan Krummbein, war kerngesund und konnte weder ein Komma noch eine Fünf vorweisen. Es gab auch nirgendwo sonst im Ort einen schauerlichen halben Säugling, doch das war den Behörden, die die Zahlen in regelmäßigen Abständen veröffentlichten, bisher noch nicht aufgefallen. Überhaupt waren Gewalttaten und kapitale Verbrechen im Dorf gänzlich unbekannt. Selbst die Ältesten der Ältesten konnten sich nicht an Mord oder dergleichen erinnern. Gemeuchelt wurde nur das Vieh, denn eines waren die Hummelstichler nicht: Vegetarier.

Außer Wilderei, Viehdiebstählen und gelegentlichen Jagdunfällen passierte also nicht viel. Aus diesem Grund war der junge Dorfpolizist Sven Grüneis Inhaber einer halben Arbeitsstelle geworden, womit er es zu einem Kuriosum innerhalb des deutschen Polizeiapparates geschafft hatte. Besonders zufrieden war er damit nicht, schließlich drehte er nicht gern dienstlich Däumchen, sondern verbrachte seine Zeit lieber mit Brautschau und Landwirtschaft. Er besaß einen großen baufälligen Hof mit Fuhrwerken und allerlei Getier, dazu Wiesen, Äcker und Felder. Was ihm aber am meisten fehlte, war eine treu sorgende Ehefrau.

Auch der Montag war in Hummelstich ein Tag wie jeder andere. Metzgermeister Erwin Meuselböck wetzte fleißig seine Messer und kam bei seinen Bemühungen, den immensen Fleischkonsum der Dorfbevölkerung zu decken, wie immer mächtig ins Schwitzen. Er gehörte zu den wenigen seiner Zunft, die das Schlachten noch selbst übernahmen. Die Tiere, denen er mit Bolzenschuss und sauberem Schnitt durch die Halsschlagader den Garaus machte, kannte er meist mit Namen, denn den Respekt vor der Kreatur, die er da meuchelte, hatte er beim Schlachten nie verloren. Im Gegenteil, sein Beruf hatte ihm die Auseinandersetzung mit dem Tod und damit auch seiner eigenen Sterblichkeit nähergebracht. Mit der Präzision eines Pathologen schnitt er die Leiber von Rindern und Schweinen auf; trennte Köpfe von Rümpfen, zerteilte Gliedmaßen und sortierte sorgfältig die verschiedenen Innereien. Das Ausweiden ging ihm besonders gut von der Hand. Widerwillen oder gar Ekel vor Blut und rohem Fleisch waren ihm fremd, denn das Handwerk war ihm in die Wiege gelegt worden. Unbeschwert drehte er, wie es schon sein Vater und dessen Vater getan hatten, faustgroße Fleischstücke durch den Wolf, würzte die zerhäckselte blassrote Masse nach einem streng gehüteten Rezept und stopfte sie in meterlange Därme. Das Endprodukt, die berühmte Thüringer Bratwurst, wurde von seiner Frau Brunhilde im angrenzenden Laden verkauft. Ihr kleines Geschäft präsentierte nicht nur ein umfangreiches Wurst- und Fleischsortiment, sondern bot auch zahlreiche andere Waren des alltäglichen Bedarfs. Dieses vielfältige Angebot, oft verbunden mit einem kostenlosen Lieferservice der Metzgerei, wussten die Kunden der Meuselböcks sehr zu schätzen.

In der Gunst der Bewohner stand auch der Apotheker Carl Feigenbaum, der zwar kein echter Arzt, aber der einzige Doktor im Dorf war. Da er in einem früheren Leben einmal Medizin studiert hatte und es in unmittelbarer Entfernung niemanden gab, der über mehr humanmedizinisches Fachwissen als der Apotheker verfügte, wurde er bei allen kleinen und großen Wehwehchen um Rat gefragt. Er kümmerte sich zuverlässig um seine Mitmenschen und stellte unzählige Totenscheine aus. Doch an diesem Montag war er tief über seine Finanzbücher gebeugt und fragte sich, was er denn bloß noch tun könne, um noch mehr Geld zu verdienen. Die Gläubiger rannten ihm bereits die Tür ein, und auch bei der Bank waren mehrere Raten überfällig. Er erhaschte einen kurzen Blick auf seine Frau Frieda, die gerade ein Mittel gegen Migräne verkaufte und dabei so schön und so traurig aussah wie jeden Tag. Er wusste, dass er als Ehemann versagt hatte, und fragte sich, warum seine Frau ihn nicht schon längst verlassen hatte. Dann wandte er sich wieder seinen Geldsorgen zu.

Gegenüber der Apotheke sprühte der Friseur Borwin Wandelohe wie jeden Tag fast über vor Energie und guter Laune. Sein apfelförmiger Körper tänzelte auf schlanken Beinen graziös von Frisierstuhl zu Frisierstuhl, und während er aus voller Kehle das »O sole mio« trällerte, ondulierte er Tantchen Käthe, frischte der dicken Erna die Farbe auf und verpasste Herrn Lehmanns halbstarken Söhnen einen modischen Kurzhaarschnitt. Als Ergebnis einer feurigen Liebesbeziehung zwischen seiner

Mutter, einer Hummelstichlerin, und einem ihm unbekannten Spanier, floss zur Hälfte südländisches Blut durch seine Adern. Er war ein ausgeglichener, zutiefst positiver Mensch, und jeder, der bei ihm einkehrte, ging ein bisschen zufriedener, als er es vorher gewesen war, wieder nach Hause.

Borwins ansteckende Fröhlichkeit hätte vor allem der Pfarrer des Dorfes, Theodor Klingbein, dringend nötig gehabt. Am morgigen Dienstag stand eine Beisetzungszeremonie an, und er steckte mitten in den Vorbereitungen. Wie innig hatte er für eine Taufe, eine Konfirmation oder eine Hochzeit gebetet. Doch sosehr er sich auch einen heiteren Anlass wünschte, sein oberster Dienstherr erhörte ihn nicht. Es war eine Beerdigung, die er vorbereiten musste. Schon die sechste in diesem Monat. Dünn und ausgemergelt kam er sich vor, sein linkes Bein schmerzte, und die Augen brannten wie ein Höllenfeuer. Als er die Trauerrede verfasst hatte, telefonierte er mit dem Bestatter Ferdinand Ruhe und erfuhr, dass die Asche der Verstorbenen bereits selig in der Urne ruhte. Nach Feierabend schleppte er sich ins Wirtshaus »Zum Goldenen Lamm« und versuchte, seine Niedergeschlagenheit in dunklem Bockbier und einem doppelten Korn zu ertränken. Der Wirt, Ludo Schimmelpfennig, klopfte ihm aufmunternd auf die Schulter, bevor er an eine große Tafel trat und die ersten Wetten für das bevorstehende Mopsrennen entgegennahm.

So weit war, wie gesagt, alles ganz normal und unspektakulär. Erst am Dienstag geschah etwas, was das Leben der Hummelstichler gehörig auf den Kopf stellen sollte.

Zwei schräge Vögel

Der Bus, der mit fast neunzig Stundenkilometern die frisch geteerte Landstraße entlangbretterte und mit quietschenden Reifen vor dem kleinen Dorffriedhof zum Stehen kam, war in der Tat alles andere als gewöhnlich. Er besaß eine fast schon furchteinflößende Überlänge und war zudem gänzlich mit bunten Graffitis bemalt. Aber nicht solche primitiven Schmierereien, wie man sie oft an neu getünchten Hausfassaden oder abgestellten Zugwaggons sah, sondern ein einzigartiges, fabulöses Kunstwerk, das den Betrachter in Staunen versetzte. Unter den hell leuchtenden Scheinwerfern, die sich wie feurige Augen in den morgendlichen Frühlingsdunst bohrten, offenbarte ein riesiger Kühlergrill metallisch glänzende Zähne und erweckte den Eindruck, als würde man in das Antlitz eines Dämons blicken. Auf den beiden Seiten der Karosserie war das weit weniger unheimliche Bild eines vierstöckigen Holzregals aufgedruckt worden, das bis auf den letzten Zentimeter mit großen und kleinen, dicken und dünnen Büchern bestückt war. Einige der so dargestellten Buchrücken waren mit einem einzigen großen goldenen Buchstaben versehen. »BÜCHER AUF RÄDERN« stand in der einen Reihe und darunter »SCARABEAS LEIHBIBLIOTHEK«.

Einen solchen Bus hatte ganz Hummelstich noch nie gesehen. Jeder, dem er auf der Fahrt durchs Dorf begegnet war, war wie angewurzelt stehen geblieben. Und auch die kleine Menschengruppe, die sich auf dem Friedhof um ein offenes Grab versammelt hatte, rührte sich nicht vom Fleck und starrte das in der Nähe parkende Ungetüm an. Pfarrer Theodor Klingbein bekreuzigte sich, Borwin Wandelohe, der Friseur, griff nach Brunhilde Meuselböcks Hand, und der Bestatter Ferdinand Ruhe hielt sich verkrampft an einer weinroten Urne fest. Einen Moment lang hörte man nur die monotone Trauermusik, die aus einem tragbaren CD-Spieler dudelte. Dann rissen alle verdutzt die Augen auf, denn die Tür des riesigen Ungetüms öffnete sich, und eine kleine drahtige und jugendlich wirkende Frau mit kurzen feuerroten Haaren sprang heraus. Sie war auffällig bunt gekleidet, hielt einen Seesack in der rechten Hand, und auf ihrer linken Schulter saß, so selbstverständlich wie ein gut gewähltes Accessoire, ein munter vor sich hin krächzender und keck in die Welt schauender Papagei.

Scarabea von Maarstein steuerte zielsicher auf die Gesellschaft zu und entsprach dabei weder dem abendländischen Ideal eines Trauergastes noch dem landläufigen Bild einer Bibliothekarin. Außer dem Papagei trug sie eine zitronengelbe Leinenhose, ein azurblaues Top mit Korallenriff-Print und grasgrüne Lackballerinas mit aufgesticktem Perlenornament. Ein orangeroter Seidenschal, den sie um Schultern und Oberarme geschlungen hatte, und ein breiter Bambusarmreif am linken Handgelenk verdeckten geschickt mehrere Tätowierungen. Winzige Lachfältchen schmückten ihr hübsches Gesicht, und unter den wuscheligen roten Haaren, die wie wild lodernde Flammen in alle Richtungen züngelten, funkelten neugierige smaragdgrüne Drachenaugen. Im Laufe der Jahre hatte Scarabea eine Vorliebe für ausgefallene farbige Kontaktlinsen entwickelt und sich einen beachtlichen Fundus zugelegt, aus dem sie täglich neu schöpfte.

Schon auf den ersten Blick sah man ihr an, wie exzentrisch und ausgeflippt sie war. Die Lust am Leben guckte ihr sprichwörtlich aus jedem Knopfloch. Was man ihr nicht ansah, war ihr Alter. Scarabea von Maarstein war neunundsechzig Jahre alt.

Die Erfahrungen und Erlebnisse, die sich in ihrem bisherigen Leben angesammelt hatten, passten in keinen Koffer. An manches, was zu weit zurücklag, erinnerte sie sich nur noch verschwommen; anderes wiederum war ihr so klar und deutlich, als hätte es Paul Gauguin höchstpersönlich in Öl gemalt. Wie zum Beispiel das grüne, von Sonne durchflutete Blätterdach, das sie Anfang der vierziger Jahre des vergangenen Jahrhunderts bei ihrer Geburt erblickt hatte. Denn Scarabea war nicht in einem sterilen Kreißsaal zur Welt gekommen, auch nicht in einer Wohnstube, einem Geburtshaus oder sonst einem Gebäude, sondern inmitten eines feuchtwarmen Biotops auf Little Andaman, der südlichsten der Andamaneninseln. Das verdankte sie ihren Eltern, zwei abenteuerlustigen Ethnografen, die die Verhaltensweisen des kleinen urtümlichen Naturvolkes der indigenen Onge erforschten. Ihre Mutter Gerlinde war eine deutsche Adlige aus dem Geschlecht von Maarstein, ihr Vater Lucien ein bürgerlicher Franzose. Ihre Ehe lag so gar nicht im Trend der Zeit, denn Deutschland und Frankreich waren Feinde in einem verheerenden Krieg. Während dieser sich wie eine Epidemie ausbreitete und Tod und Verzweiflung über weite Teile der Welt brachte, verlebte Scarabea eine glückliche und unbeschwerte Kindheit im Paradies. Vom Gemetzel in Europa und Asien bekam sie nichts mit.

Im Indischen Ozean waren der Strand, das Meer und die üppigen grünen Regenwälder ihr Kinderzimmer. Die kleinwüchsigen und dunkelhäutigen Eingeborenen hatten sie in ihre Gemeinschaft aufgenommen und schenkten dem weißen Mädchen nicht nur besondere Aufmerksamkeit und Fürsorge, sondern gaben auch ihr Wissen an sie weiter. Sie lernte von ihnen, dass alles eine Seele hatte und jedes Lebewesen, mochte es noch so winzig und unscheinbar sein, Teil eines großen Ganzen war. Sie erfuhr, wie man mit Tieren kommunizierte, dass dieselbe Pflanze heilen und töten konnte und dass nichts, aber auch gar nichts gefährlicher war als der Mensch in seiner Habgier. Von diesem Wissen profitierte sie noch heute, ja im Grunde ihres Herzens war sie sich sicher, dass sie das Wichtigste im Leben bereits in ihrer Kindheit erfahren hatte. Ihren Lehrmeistern, den kraushaarigen und pechschwarzen Menschlein, war sie zeitlebens dafür dankbar.

Drei Jahre nach Ende des Zweiten Weltkriegs zogen Scarabea und ihre Eltern nach Paris, und dort war alles ganz anders. Dort schlief man in Häusern aus Stein, die mit Türen und Schlüsseln verriegelt wurden; es war kalt, die Menschen einfältig und mürrisch; man musste sich in merkwürdige Stoffgewänder hüllen, durfte nicht mehr herumtollen, und frei lebende Tiere gab es auch nicht. Alles in dieser Stadt und in diesem Land war Scarabea fremd und erdrückte sie. Ihr einziges Ventil, um den Frust über die neuen Lebensumstände nach außen zu tragen, war die offene Rebellion. Sie verweigerte das Essen, benahm sich unmanierlich und zerstörte, was ihr in die Finger kam. Ihre Eltern, ratlos und überfordert, schickten sie in ein Mädcheninternat nach Deutschland. Zu der erdrückenden Fremde kamen nun noch Leistungsdruck und unbarmherzige Strenge hinzu; eine Situation, die Scarabea nur dank einer glücklichen Fügung ertrug. Henrietta von Eichhorn hieß das gleichaltrige Mädchen, mit dem sie sich Zimmer und Schicksal teilte. Die folgenden Jahre, die von Regeln, Strafen und spießbürgerlicher Tyrannei geprägt waren, standen sie gemeinsam durch. Reagierten mit Schabernack auf Schikanen und mit Einfallsreichtum auf Langeweile. Zusammen waren sie unschlagbar. Bea und Hetty – nichts und niemand vermochte sie zu trennen, und auch später, als ihre Lebenswege sie in verschiedene Richtungen führten, verloren sie sich nie aus den Augen.

Nach der Zeit des Internats reiste Scarabea um die Welt. Wo es ihr gefiel, verweilte sie; gefiel es ihr nicht mehr, zog sie weiter. Dabei übte sie die verschiedensten Berufe und Tätigkeiten aus, fuhr als Mann verkleidet zur See, pflegte Elefanten, schliff Scheren, züchtete Schafe, kehrte Straßen, studierte Völkerkunde und reparierte alte Autos. Sie war im wahrsten Sinne des Wortes eine Lebenskünstlerin.

Auf dem Nadi International Airport, der auf der größten Insel der Fidschis, Viti Levu, mitten im Pazifischen Ozean liegt, begegnete ihr Anfang der siebziger Jahre der Chinese Li Chang. Die Liebe auf den ersten Blick gestand sich Scarabea lange nicht ein. Zu groß war die Angst davor, ihre Unabhängigkeit zu verlieren. Erst nach Jahren bekannte sie sich zu ihren Gefühlen und zog zu ihm. Sie lebten in Kuala Lumpur, Singapur und Schanghai, bekamen zwei wunderbare Kinder und drei entzückende Enkelkinder.

Nach Li Changs Tod kehrte Scarabea nach Europa zurück.

Sie kaufte einen alten Bus, den sie wieder fahrtauglich machte und mit Büchern füllte. Es waren fast ausschließlich gebrauchte Bücher, die sie auf Flohmärkten, in Antiquariaten oder bei Haushaltsauflösungen für einen Obolus erwarb. Bücher, die niemand mehr wollte und die oft in einem bedauernswerten Zustand waren. Verstoßene, verlorene und massakrierte Wälzer. Darunter waren viele literarische Kostbarkeiten, wie zum Beispiel »Gullivers Reisen« von Jonathan Swift, Daniel Defoes legendärer »Robinson Crusoe«, »Das Pendel« von Edgar Allan Poe, Charles Dickens' »Oliver Twist«, Herman Melvilles »Moby Dick« oder »Der Geizige« von Jean Baptiste Molière. Es gab Bücher von Honoré de Balzac, Leo Tolstoj, Henrik Ibsen und Mark Twain, aber auch Werke von unbekannten Schriftstellern. Gedruckte Reisetagebücher von Naturforschern, Biografien historischer Persönlichkeiten, orientalische Sagen und Märchen. Mit diesem Schatz tingelte Scarabea, ständig auf der Suche nach neuen Abenteuern, durch die Lande.

Zu den abenteuerlichen Besonderheiten, die Scarabea pflegte, zählte zweifellos ihre Lebensgemeinschaft mit einem persönlichkeitsgestörten Papagei. Der hellrote Ara war ihr vor zwei Jahren in Castrop-Rauxel zugelaufen und hatte sich ihr als Dr. Jekyll vorgestellt. Aufgrund einer Fehlprägung als Jungvogel hielt er sich für einen Menschen. Wie sein akademischer Titel es vermuten ließ, war er gebildet und außerordentlich sprachbegabt: Neben Ruhrpottdialekt sprach er fließend Englisch sowie ein passables Latein. Des Weiteren verfügte er über ausgezeichnete Umgangsformen. Nur mit seinen Flügeln wusste er nicht viel anzufangen.

Der Pfarrer war der Erste, der sich aus der Erstarrung löste. Er fragte sich, was um alles in der Welt diese sonderbare Person hier wollte und weshalb sie die Beisetzung störte. Eine Angehörige der verstorbenen Henrietta von Eichhorn konnte sie wohl kaum sein, wenn man sich ihr Outfit so ansah.

»Entschuldigen Sie die Verspätung, ich bin Henriettas

Freundin«, sagte Scarabea, als könnte sie seine Gedanken lesen. »Zum Glück bin ich noch rechtzeitig gekommen.«

Was genau sie damit meinte, wurde klar, als sie an den CD-Player herantrat, die leise vor sich hin plätschernde Musik abstellte, die silberne Scheibe entnahm und eine eigene einlegte.

Friseur und Metzgersfrau wechselten irritierte Blicke, der Bestatter räusperte sich. »Leider war uns der Musikgeschmack von Frau von Eichhorn nicht bekannt. Sie hatte hier ja niemanden.« Er sah hastig zu den anderen. »Bis auf unsere kleine Fangemeinde natürlich«, fügte er lächelnd hinzu.

Scarabea beachtete ihn gar nicht und schob den Regler auf volle Lautstärke, woraufhin erst ein lang gezogenes metallisches Fiepen und dann ein fulminantes Gitarrensolo zu hören waren. Die Erde bebte im Rhythmus der rockigen Riffs, und als die Stimme von AC/DC-Sänger Bon Scott erklang, wackelte der ganze Friedhof: *»No stop signs, speed limit. Nobody's gonna slow me down. Like a wheel, gonna spin it. Nobody's gonna mess me round. Hey Satan, payed my dues. Playing in a rocking band. Hey Mamma, look at me. I'm on my way to the promised land.«*

Als der Refrain einsetzte, sang Scarabea aus voller Kehle mit, und auch Dr. Jekyll stimmte ein: *»I'm on the HIGHWAY TO HELL. Highway to hell. And I'm going down, all the way. I'm on the highway to hell!«*

Der Pfarrer war mittlerweile dunkelrot angelaufen. Fassungslos nach Luft ringend, hätte es ihn auch nicht mehr gewundert, wenn Henrietta von Eichhorn in voller Pracht aus der Urne gestiegen wäre. Seine mühsam verfasste Trauerrede hatte er vor Schreck gänzlich vergessen. Frau Meuselböck blickte sich hilfesuchend um, und der ohnehin schon blasshäutige Bestatter war noch eine Spur fahler geworden. Nur der dickbäuchige Friseur versuchte vergeblich, hinter seinem gezwirbelten Schnurrbart ein Schmunzeln zu verstecken.

Scarabea ergriff nun das Wort. »Hetty war mit Abstand der fröhlichste und lebenslustigste Mensch, den ich gekannt habe. Sie hätte gewollt, dass wir es auch sind. Gerade an diesem Tag.

Ihr stand nie der Sinn nach Trübsal, ob sie nun echt oder aufgesetzt war. Also weg mit den Leichenbittermienen!«

Sie nahm eine Flasche edlen Jahrgangssekt aus dem Seesack und ließ den Korken knallen. Dann schenkte sie sich etwas in einen Tonkrug ein, den sie ebenfalls aus der Tasche gezogen hatte, und prostete der Urne zu, die noch immer in den Armen des Bestatters lag. »Auf dich, Hetty! Anstatt dich mit Erde zu bewerfen, wollen wir mit Sekt auf dich anstoßen.«

Sie zauberte weitere Tonkrüge hervor, schenkte ein und teilte aus. Immer noch völlig perplex und überrumpelt, folgte die kleine Beerdigungsgesellschaft ihrem Vorbild. Als alle geprostet und getrunken hatten, blinzelte Scarabea dem Bestatter schelmisch zu. »Es hätte Henrietta sehr gefallen, wenn sie gewusst hätte, dass die Männer sie immer noch auf Händen tragen.«

Drei mörderische Gedanken

Natürlich empfand Scarabea auch Trauer über den Tod ihrer besten Freundin. Sie würde Hetty für eine ganze Weile nicht wiedersehen. In diesem Leben zumindest nicht. Das wurde ihr in dem Moment bewusst, als sie die Tür zu Hettys Häuschen aufschloss. Das Häuschen, das nun ihr gehörte und von dem sie gar nicht richtig wusste, ob sie es überhaupt wollte. Sie liebte es, unterwegs zu sein, neue Orte zu erkunden, frei und unabhängig die Welt zu bereisen. Konnte sie sich wirklich vorstellen, noch einmal sesshaft zu werden?

Sie hatte ihre Freundin nie gefragt, weshalb sie sich ausgerechnet hier niedergelassen hatte. Zwar wusste sie, dass Henrietta aus der Gegend stammte, aber von einem Ort namens Hummelstich hatte sie nie etwas erzählt.

Das Haus lag unweit der Dorfkirche am Ende einer gewundenen Straße. Nur wenige Meter entfernt begann ein dichter dunkler Wald, dessen alte Bäume ihre Äste kraftvoll in den Himmel reckten. In dem pittoresken Vorgarten, der sich vor dem Haus erstreckte, wuchsen Pfingstrosen und Vergissmeinnicht. Zwei Birken schwangen sanft im Wind. Es sah aus, als schunkelten sie.

Wie alle anderen Gebäude im Dorf war auch Henriettas Haus klein und niedlich. Es besaß zwei Stockwerke, ein hübsches Spitzdach sowie einen kleinen Dachboden, den man geraden Hauptes nur dann betreten konnte, wenn man ein Zwerg, ein Hobbit oder ein Andamaner war. Die Fassade war weiß gestrichen, Tür und Fenster erstrahlten im allerschönsten Himmelblau.

Als Scarabea die Haustür öffnete, strömte ihr ein vertrauter Geruch entgegen. Eine Mischung aus frischen Sägespänen, karamellisiertem Popcorn, Staub, wilden Tieren, Motorenöl und Schminke. Zirkusluft. Mehr als fünfzig Jahre lang war das Fahrende Volk Henriettas Zuhause gewesen. Nach der Zeit im Internat hatte sie sich einem bekannten Wanderzirkus angeschlossen und sich unsterblich in Johann, den Entfesslungskünstler und Messerwerfer, verliebt. Neben der großen Liebe fand sie im Zirkus auch den Ort, wo sie am glücklichsten war: auf einem dünnen Drahtseil in zehn Metern Höhe. Elfengleich schwebte sie über das Seil und balancierte sich so mühelos in die Herzen des Publikums. Sie fegte in atemberaubendem Tempo auf einem Einrad über die staunenden Menschen hinweg und verdrehte ihnen mit waghalsigen Sprüngen, Handstand und Spagat die Köpfe. Die Massen saßen ihr jubelnd zu Füßen. Als gefeierte Hochseilartistin war sie stets der Höhepunkt jeder Vorstellung gewesen, der strahlendste Stern am Zelthimmel.

In Henriettas Häuschen erzählten Hunderte von Postern und Fotografien von dieser glanzvollen Zeit. Sie zeigten eine elegante junge Frau von natürlicher Schönheit mit goldblonden Engelslocken und der Ausstrahlung einer glamourösen Filmdiva. Auf einigen Bildern war auch Johann, der Messerwerfer, zu sehen, ein stattlicher Hüne voller Tatendrang und Leidenschaft.

Scarabea durchstreifte die einzelnen Zimmer und lächelte. Das Häuschen war innen wesentlich geräumiger, als es von außen den Anschein hatte. Hettys Liebe zum Zirkus war nicht zu übersehen. Schwere Tierskulpturen säumten die Fenster, Tapeten und Vorhänge trugen das blau-rote Streifenmuster eines Zirkuszeltes. Alles war liebevoll gestaltet, voller origineller Details und strahlte angenehme Behaglichkeit aus. Hier würde sie sich wohlfühlen, keine Frage.

Im Wohnzimmer waren die Möbel aus dunklem Holz gefertigt. Scarabea setzte Dr. Jekyll auf die Lehne eines plüschigen, mit purpurrotem Samt bespannten Ohrensessels und wanderte gedankenverloren durch den Raum. Neben dem Kamin stand auf einem zierlichen alten Hocker ein nostalgisches Trichtergrammofon. Mehrere alte Schellackplatten lagen darum verstreut, einige Dutzend weitere waren in der untersten Reihe eines großen Bücherregals ordentlich gestapelt. Im Zimmer gab es außerdem ein bequemes Sofa, einen niedrigen Couchtisch, der an ein rundes Zirkuspodest erinnerte, sowie mehrere blaue Zinnvasen mit getrockneten Hortensien darin. Kerzen in allen Größen, Formen und Farben zierten Regale, Tische und Fensterbretter.

In einer kleinen Nische zeichneten sich zwei menschliche Konturen ab. Es waren kopf- und gliedlose Torsos aus Keramik, mit wunderschönen Kostümen bekleidet. Links ein kurzes Kleid aus schneeweißen Federn, das Henrietta bei ihren spektakulären Auftritten getragen hatte. Rechts ein violetter mit Pailletten bestickter Frack. Johanns Kostüm. Die Arbeitskleidung des Messerwerfers.

Scarabea trat an das Bücherregal und ließ ihren Blick über die bunten Buchrücken schweifen. Instinktiv griff ihre Hand nach der »Mausefalle«, einem Kriminalroman von Agatha Christie, den sie Henrietta vor vielen Jahren geschenkt hatte. Krimis waren schon immer Hettys literarische Leidenschaft gewesen, und fast zwei Drittel ihrer Bücher gehörten diesem Genre an.

Als Scarabea das Buch gerade zurückstellen wollte, bemerkte sie, dass etwas aus den Seiten hervorlugte. Erst dachte sie, dass sich einige Seiten gelöst hatten, dann sah sie jedoch, dass es ein Brief war. Auf dem blütenweißen Umschlag war mit kobaltblauer Tinte »Für Bea« und darunter der Zusatz »Erst nach meinem Tod zu öffnen« geschrieben. Es war die Handschrift ihrer Freundin.

Scarabea setzte sich auf das Sofa und betrachtete den Brief eine Weile. Drehte und wendete ihn. Wog ihn in der Hand. Zögerte. Derweil tippelte Dr. Jekyll ungeduldig auf der Sessellehne hin und her und warf energisch den Kopf nach vorn. »Aufmachen und vorlesen«, krakeelte er fordernd. »Aufmachen, mein Schatz!«

Mit einem strengen Blick brachte sie den Vogel zum Schweigen. Dann fasste sie sich ein Herz, öffnete das Kuvert, entfaltete ein elfenbeinfarbenes Papier und las:

Liebe Bea,
bitte ängstige dich nicht, wenn du dies liest. Post von den Toten bekommt man nicht alle Tage, und ich weiß, wie schreckhaft

du sein kannst. Doch das geschriebene Wort ist nun mal die einzige stilvolle Möglichkeit, wie ich mich dir auch nach meinem Ableben noch mitteilen kann.
Zuerst möchte ich dir für unsere lange und wunderbare Freundschaft danken. Ich weiß, ich habe immer einen Platz in deinem Herzen, und genauso hast du einen Platz bei mir. Wenn ich in der Vergangenheit schwelge, dann denke ich immer auch an dich, denn du hast mein Leben stets bereichert.
Wie du weißt, habe ich dir mein kleines Haus in Hummelstich samt seinem gesamten Inhalt vermacht. Das meiste ist wohl sentimentaler Krimskrams, und es steht dir frei, damit zu tun, was du für richtig hältst. Ich hoffe, ich bürde dir damit keine allzu große Last auf.
Ich vermache dir jedoch auch etwas von finanziellem Wert. In der indischen Schatulle, die neben unseren Kostümen im Wohnzimmer steht, findest du fünf silberne Messer. Ein Maharadscha, der vor vielen Jahren einmal unsere Vorstellung besuchte, war von Johanns Können so begeistert, dass er ihm dieses Geschenk machte. Jedes der Messer ist mit kostbarsten Juwelen besetzt. Den genauen Wert kenne ich nicht, aber es handelt sich wohl um ein kleines Vermögen. Johann ist oft mit ihnen aufgetreten, und er hat gesagt, es seien die besten Wurfmesser, die er je in Händen halten durfte. Zu meinen Lebzeiten konnte ich mich nie davon trennen. Zu viele Erinnerungen hängen daran. Dir aber, liebe Freundin, möchte ich mit Nachdruck raten: Solltest du dich je in einer finanziellen Notlage befinden, so zögere nicht und verkaufe die Messer. Sie werden einen guten Preis erzielen. Sollten sie dir einen unbeschwerten Lebensabend ermöglichen, so haben sie die beste aller Verwendungen gefunden.
Nun denn, liebste Bea, lebe wohl, bis zu dem Tag, an dem wir uns wiedersehen.
Deine Hetty

Für eine Weile saßen Scarabea und ihr Papagei schweigend da, dann streckte Dr. Jekyll die Flügel von sich, als wolle er mit den

Schultern zucken, und krächzte: »Sieht so aus, als wären wir jetzt eine gute Partie, nicht wahr, mein Schatz?«

»Du alte egozentrische Nebelkrähe«, schalt ihn Scarabea. »Du unverbesserlicher Nimmersatt! Die Habsucht wird dir eines Tages noch im Hals stecken bleiben.«

»'tschuldigung.« Er klang verlegen. »Wir wollen es ja nur mal ansehen.«

Auch Scarabea hatte die Neugier gepackt, doch das hätte sie Dr. Jekyll gegenüber niemals zugegeben. Sie setzte ihn sich auf die Schulter und sah sich um. Lange suchen musste sie nicht. Die mit kostbarem indischen Seidenstoff bespannte Schatulle hatte die Form und Größe eines handelsüblichen Umzugskartons. Das türkisfarbene Gewebe schimmerte und glänzte und war mit silbernen Fäden bestickt. Der Riegel war nicht verschlossen und ließ sich leicht öffnen. Scarabea hob den Deckel an und blickte hinein. Die Schatulle war leer.

»Oh-oh«, rief Dr. Jekyll. »Gar nicht gut. Gar nicht gut.«

»Merkwürdig«, dachte Scarabea. »Sehr merkwürdig.«

Hatte Hetty eine andere indische Schatulle gemeint? Nein, das war ausgeschlossen. Hier gab es sonst nichts, was auch nur entfernt indisch aussah. Hatte sie die Messer vielleicht woanders aufbewahrt? Doch warum sollte sie? Hetty hatte es in ihrem Brief doch eindeutig formuliert. Nein, das war nicht ihre Art. Es blieb nur eine Möglichkeit: Das Messerset war verschwunden. Konnte es sein, dass dies mit Henriettas Tod in Verbindung stand? Hatte jemand die kostbare Hinterlassenschaft gestohlen? Wenn jemand gewusst hätte, wie wertvoll es war, hätte er einen Grund gehabt, sie zu beseitigen.

Das war das erste Mal an diesem Vormittag, dass Scarabea an Mord dachte.

Später ging sie zum Kamin, um ihn zu reinigen und zu neuem Leben zu erwecken. In der dunklen Asche lagen halb verbrannte Holzstücke. Sie sah genauer hin. Da war auch noch etwas anderes, irgendetwas Silbernes. Mit einer Pinzette bewaffnet, kauerte sie sich auf den Boden und zog das kleine glänzende Etwas heraus. Es war ein rundes Stückchen Folie mit einer Aufschrift. »Digitoxin« stand da in winzigen Buchstaben. Offensichtlich der Rest eines Tablettenblisters. Digitoxin? Das klang nicht nach einem harmlosen Mittel gegen Husten, überlegte Scarabea.

Warum sollte Hetty überhaupt Tablettenverpackungen verbrennen?, grübelte sie weiter. Doch wenn sie es nicht getan hatte, wer dann? Ein Fremder? Ein Gast? Aber wieso? Die Frage dehnte sich aus wie ein Echo. Hier soll etwas vertuscht werden, kam ihr plötzlich in den Sinn. Das war das zweite Mal an diesem Tag, dass sie der Verdacht beschlich, dass hier etwas nicht mit rechten Dingen zuging.

In der Küche brühte sie sich einen starken Bohnenkaffee auf. Dazu verkostete sie Henriettas selbst gemachten Blutwurzschnaps, den sie im Dielenschrank gefunden hatte. Ein edles Tröpfchen. Dr. Jekyll bereitete sie einen Imbiss aus einem halben Apfel und einer Handvoll Sonnenblumenkernen zu. Zärtlich kraulte sie sein bunt gefiedertes Köpfchen.

»Was ist hier bloß geschehen?«, murmelte sie leise vor sich hin, mehr zu sich selbst als zum Papagei.

»Das ist doch ganz klar«, krächzte Dr. Jekyll und beäugte sie, als wollte er ihre Reaktion abwarten und sichergehen, dass er ihre volle Aufmerksamkeit bekam.

Sie blickte ihn fragend an. Zwar war sie es gewohnt, dass er zu allen passenden und vor allem unpassenden Gelegenheiten seinen Senf dazugab. Hellseherische Fähigkeiten hatte sie bei ihm bisher jedoch eher selten beobachtet.

»Eiskalter Mord«, verkündete er. »Die Spatzen pfeifen es ja schon von den Dächern.«

Scarabea wusste, wenn Papageien davon sprachen, dass Spatzen von den Dächern pfiffen, dann war dies durchaus ernst zu nehmen. Und das war das dritte Mal, dass sie überlegte, ob ihre beste Freundin Hetty vielleicht nicht ganz freiwillig aus dem Leben geschieden war.

Viererlei Gesprächsstoff

Wenig später hatte Scarabea einen Entschluss gefasst. Sie würde die Antwort auf die Frage finden, was wirklich mit ihrer Freundin passiert war. Es wird Zeit, den Leuten hier ein wenig auf den Zahn zu fühlen und Henriettas genaue Todesumstände ans Licht zu bringen, dachte sie sich. Natürlich war ihr klar, dass dieser Weg steinig und unangenehm werden würde. Hinzu kam erschwerend, dass sie den wichtigsten Teil einer kriminalistischen Untersuchung, nämlich die Leichenschau und damit die Möglichkeit, an Henriettas Körper Spuren eines nicht natürlichen Todes zu finden, vergessen konnte. Man brauchte schließlich kein Gerichtsmediziner zu sein, um zu wissen, dass nach einer Feuerbestattung eine Exhumierung unmöglich war. Damit blieb ihr nur, Augen und Ohren weit aufzumachen, zur richtigen Zeit die richtigen Fragen zu stellen und den Tag von Henriettas Tod bis ins kleinste Detail zu rekonstruieren.

Ihr Bauchgefühl, welches ein ausgesprochen hungriges war, führte sie als Erstes ins »Zum Goldenen Lamm«. Wirtshäuser waren seit jeher die wichtigsten Umschlagplätze für Informationen aller Art. Hier erfuhr man immer etwas Interessantes, und ganz nebenbei konnte man noch einen Happen essen.

Das Lokal hielt, was sein verheißungsvoller Name versprach. Es war äußerst geräumig, gemütlich möbliert und strahlte eine wohlige Atmosphäre aus. Warmes gedämpftes Licht beleuchtete schwere dunkle Ledersessel und ließ mehrere Kessel aus Messing, die wie Kochtöpfe an der Wand hingen, erstrahlen. In die Aromen von Hopfen und Malz mischten sich der Geruch von Tabak sowie ein köstlicher Bratenduft. Viele Tische waren besetzt, und die Gäste plapperten laut und angeregt miteinander. Als man Scarabea jedoch bemerkte, wurde es mit einem Mal mucksmäuschenstill. Alle starrten sie mit großen Augen an, manch einer ängstlich, andere verächtlich und vorwurfsvoll. Davon unbeeindruckt, bahnte sie sich einen Weg zum

Tresen und nahm auf einem bequemen Barhocker Platz. In dem Moment, in dem sie sich niederließ und damit den übrigen Gästen den Rücken zudrehte, setzte schlagartig auch wieder die Geräuschkulisse ein.

Hinter dem Tresen hatten ein Mann und eine Frau die Szenerie beobachtet. Es handelte sich um Ludo und Berta Schimmelpfennig, die Besitzer und Betreiber des Lokals. Sie waren Anfang fünfzig und alles in allem sehr unscheinbare Menschen. Alles an ihnen war durchschnittlich. Zwei Allerweltsgesichter, die man kurzzeitig wahrnahm und schnell wieder vergaß. Doch Scarabea, die ein gutes Gespür für Menschen besaß, entdeckte noch etwas anderes. Beide, so fand sie, verfügten über den Sympathiewert eines Blutegels. In ihren Augen, da war sie sich sicher, lag etwas Böses. Verschlagenes. Auf jeden Fall Arglist. Und noch etwas. Etwas wie … Gier?

»Was darf's denn sein?«, fragte Ludo Schimmelpfennig in schwülstigem Ton und mit einem falschen Lächeln auf dem Gesicht.

Scarabea unterbrach ihre Analyse für einen Moment und bestellte ein großes Blondes. Als das bernsteinfarbene Gebräu mit einer dicken weißen wolkengleichen Schaumkrone vor ihr stand, sagte der Wirt: »Sie sind das also.« Es war eine Feststellung, keine Frage.

»Verzeihung?«

»Na, die Frau, über die das ganze Dorf spricht. Sie sollen ja auf dem Friedhof eine Wahnsinnsshow abgezogen haben.«

Scarabea lächelte milde. »Man tut, was man kann.« Mit einem Blick auf die Speisekarte fragte sie: »Was können Sie mir empfehlen?«

»Wir haben einen Mittagstisch. Heute gibt's Rinderroulade. Dazu Thüringer Klöße und Rotkraut.«

Scarabea nickte zustimmend. »Fein.« Ansonsten gab sie sich spröde, wusste sie doch, dass der Wirt seine Neugier nicht würde zügeln können.

»Dann sind Sie eine Verwandte der Verstorbenen? Ich weiß, Sie sind bestimmt die Tochter.« Und bevor sie es sich versah, ergriff er ihre Hand und versicherte ihr sein aufrichtigstes und herzlichstes Beileid.

Scarabea glaubte ihm kein Wort. »Nein«, erwiderte sie kühl. »Ich bin eine gute Freundin.«

»Ach so.« Er kratzte sich irritiert am Bart und ließ ihre Hand los. »Wir haben die alte Dame leider nie persönlich kennengelernt. Sie hat ja sehr zurückgezogen gelebt. Aber wie man hört, soll sie ziemlich vermögend gewesen sein.« Beim letzten Satz funkelte es in seinen Augen.

Scarabea schnaubte innerlich. Von wegen alte Dame. Wenn du wüsstest, Bürschchen.

Berta Schimmelpfennig, die in der Küche verschwunden war, nachdem Scarabea ihre Bestellung aufgegeben hatte, kam zurück hinter den Tresen, in der Hand einen dampfenden Teller. Den donnerte sie kommentarlos Scarabea vor die Nase, die sich ein Besteck aus dem nahe stehenden Körbchen angelte und gierig zu essen begann.

Eine Weile aß sie schweigend, während der Wirt mit Inbrunst Biergläser polierte. Dann setzte Scarabea plötzlich ein besonders trauriges Gesicht auf und sagte: »Die gute arme Henrietta. Wenigstens musste sie nicht lange leiden. Das musste sie doch nicht, oder?« Ihr Gesicht zeigte den Ausdruck tiefster Seelenqual.

»Nein, bestimmt nicht, da kann ich Sie beruhigen. Also, die Frau Meuselböck, die sie gefunden hat, sagte doch, dass sie ganz friedlich ausgesehen hat.«

»Gott sei Dank. Das tröstet mich. Ach, sagen Sie, die Frau Meuselböck, das ist doch die Frau von dem ...« Sie tat, als läge ihr der Name auf der Zunge.

»Von Erwin, dem Metzger. Ja, das ist richtig.«

»Genau, der Erwin.« Sie deutete auf die Reste auf ihrem Teller und blinzelte ihm verschwörerisch zu. »Hat ausgezeichnet geschmeckt.«

»Nicht wahr? Der Erwin kennt eben die besten Rinder.« Damit klopfte er auf den Tresen und lachte schallend, als hätte er gerade einen saukomischen Witz gerissen.

Bis zur Metzgerei waren es nur wenige Schritte. Das ist der Vorteil von einem Dorf, dachte Scarabea. Alles ist an einem Platz, und man muss nie lange suchen.

Frau Meuselböck, so erfuhr sie von der tropfnäsigen Verkäuferin, sei gerade zwei Häuser weiter beim Friseur. Umso besser, dachte Scarabea. Denn nach der Dorfschenke war der Friseur stets der zweite Anlaufpunkt, wenn es um die logistische Verbreitung von Klatsch und Tratsch jeder Art ging.

***

Die Frau des Metzgers und Borwin Wandelohe waren gerade in ein Gespräch vertieft, als das helle Klingeln der Türglocke einen neuen Kunden ankündigte. In Frau Meuselböcks Haaren steckten riesige Lockenwickler aus rotem Plastik und ellenlange Streifen Alufolie. Das Brillenungetüm auf der schmalen Nase ließ ihre Augen unnatürlich groß erscheinen, wie die eines mutierten Insekts. Um den Hals, der viel zu dünn wirkte, um den gewaltigen Kopf tragen zu können, war ein silberfarbener Frisierumhang gebunden. Sie sah aus wie von einem anderen Stern.

Der Friseur, der ebenfalls einem anderen Sonnensystem anzugehören schien, war so rund und zart wie ein gepelltes Ei. Sein schwarzer gezwirbelter Schnurrbart wogte im Takt seines Atems sanft auf und ab.

Beide starrten Scarabea an, als befürchteten sie, sie könnte gleich wieder anfangen »Highway to Hell« zu singen.

Scarabea grüßte freundlich, ging einen Schritt auf das seltsame Paar zu und strahlte über das ganze Gesicht. »Hallo, wir sind uns ja heute Vormittag schon einmal begegnet. Ich wollte Sie mit der Musik nicht erschrecken. Aber Henrietta hätte es genau so gewollt.«

»Dann kannten Sie sie also gut?«

»Wir haben uns als Kinder kennengelernt. Sie ist meine beste Freundin.«

Die Miene des Friseurs änderte sich schlagartig. »Ist das

wahr? Oh bitte, verzeihen Sie meine Zurückhaltung. Es ist ein so tragischer Verlust.«

»Ja, das ist es«, bestätigte Frau Meuselböck, die sich ebenfalls zu entspannen schien. »Wir haben sie wirklich gemocht. Und Borwin war einer ihrer glühendsten Verehrer.«

»Bitte, setzen Sie sich doch«, beeilte sich Borwin Wandelohe zu sagen und zog einen Stuhl heran. »Ich konnte erst gar nicht glauben, dass sie hier wohnte. *Die* Henrietta von Eichhorn, die Königin des Hochseils. So schön, so wagemutig, so unerreichbar. Der Zirkus ist meine Leidenschaft, wissen Sie?« Seine Augen strahlten. »Oh Zirkusluft, oh Zirkusluft, wie ich sie vermisse.«

Er stand auf, wieselte zum Tresen und kramte ein dickes Album hervor. Das reichte er Scarabea so vorsichtig, als handelte es sich um ein rohes Ei. Es war ein Album, das Henriettas Karriere am Trapez beinahe lückenlos dokumentierte, und enthielt Fotografien, Autogramme, Eintrittskarten und Zeitungsartikel. Scarabea las einige Überschriften wie »Die Gunst des Maharadschas« oder »Messerwerfer reich beschenkt«.

»Ah, die indischen Messer. Stellen Sie sich vor, ich durfte sie sogar einmal berühren«, säuselte der Friseur, der Scarabea über die Schulter gesehen hatte.

»Wer außer Ihnen wusste noch von den Messern?«

»Das ganze Dorf, nehme ich doch an. Wann passiert hier schon mal so etwas Aufregendes? Dass eine berühmte Zirkusschönheit hier ihre Zelte aufschlägt.«

Die Metzgersfrau nickte. »Ja, das wussten wir alle. Mein Mann hätte alles dafür getan, um nur mal einen Blick darauf zu erhaschen. Er hat einen kleinen Messertick.«

Mit einer raschen Bewegung klappte Scarabea das Album zu. »Man hat mir gesagt, dass es Herzversagen gewesen ist.«

»Ja, Dr. Feigenbaum hat das festgestellt. Ich habe ihn gerufen.« Frau Meuselböck wirkte beinahe stolz, als sie das sagte.

»Dann haben Sie sie gefunden?« Scarabea schluchzte.

»Ach, Sie Arme! Das muss wirklich schlimm für Sie sein.« Frau Meuselböck drückte ihr mitfühlend die Hand.

»Wenn ich nur wüsste, wie alles passiert ist«, flüsterte Scarabea und wirkte wie ein von der Mutter verlassenes Kind.

Die Frau des Metzgers holte tief Luft und sagte: »Ich habe Frau von Eichhorn ihre Bestellung gebracht. Eine Dose Leberwurst, Salami, Zunge, Schinkenspeck. Ein halbes Dutzend Eier, Zwiebeln, Tomaten und Tilsiterkäse. Zwei- bis dreimal pro Woche habe ich ihr die Einkäufe geliefert.«

»Dann haben Sie einen Schlüssel zum Haus?«

»Nein. Die Tür war ja tagsüber immer offen. Das ist so üblich bei uns im Ort. Wir verschließen unsere Türen nur in der Nacht.«

Scarabea seufzte. »Sie haben ihr also die Einkäufe gebracht.«

»Ja, ich habe die Sachen in der Küche verstaut und mit ihr geredet. So wie immer. Aber sie hat mir nicht geantwortet, was ich merkwürdig fand. Dann bin ich ins Wohnzimmer gegangen und hab sie gerufen. Sie saß im Sessel und sah so friedlich aus. Ich habe wirklich gedacht, dass sie schläft. Erst als ich versucht habe, sie zu wecken, habe ich gemerkt, dass etwas nicht stimmt. Dann habe ich sofort Dr. Feigenbaum gerufen.«

»Ist Ihnen irgendetwas aufgefallen? War etwas anders als sonst?«

Die Metzgersfrau dachte angestrengt nach. »Nein, der Doktor klang wie immer. Allerdings hat es eine ganze Weile gedauert, bis er da war. Aber es gab ja auch genug zu tun. So konnte ich wenigstens noch einigermaßen Ordnung schaffen.«

»Sie haben aufgeräumt?« Scarabea musste sich Mühe geben, dass sich ihre Stimme nicht überschlug vor Entsetzen.

Brunhilde Meuselböck strich über den silbernen Frisierumhang und rückte ihre Brille gerade. »Na, wenn Sie wüssten, wie es da ausgesehen hat, dann hätten Sie aber auch aufgeräumt. So ein Durcheinander. Ich glaube, die gute Henrietta hat vor ihrem Tod irgendetwas gesucht. Das ist ja nichts Ungewöhnliches in unserem Alter. Geht mir auch oft so.«

***

»Digitoxin?« Dr. Feigenbaum blickte überrascht auf. »Sind Sie sicher?«

Sie standen in einem Raum im rückwärtigen Teil der Apotheke, der offenbar als Büro genutzt wurde. Der plumpe Körper des Apothekers war über einen schmalen Schreibtisch gebeugt. Sein Gesicht hatte eine ungesunde Farbe; es war fleischig und von zahlreichen tiefen Falten zerfurcht. Seine wässrigen blaugrauen Augen wirkten wie schmutzige Seen in einer öden Felslandschaft.

»Ganz sicher«, erwiderte Scarabea. »Worum handelt es sich dabei?«

Carl Feigenbaum verschränkte die Arme vor der Brust. »Um ein Herzmedikament. Es wird aus den Blättern des Roten Fingerhutes gewonnen und unter anderem bei bestimmten Formen beschleunigter Herztätigkeit verabreicht, um die Schlagfrequenz zu senken. Es ist verschreibungspflichtig.«

»Haben Sie es meiner Freundin verschrieben?«

»Nein. Mir war auch nicht bekannt, dass sie dieses Mittel einnimmt.«

Scarabea fummelte nachdenklich am Ärmel ihrer himbeerfarbenen Strickjacke herum. »Auch ich weiß von keiner Herzkrankheit. Das ist wirklich merkwürdig. Haben Sie sie denn medizinisch betreut?«

»Nein. Frau Meuselböck hat ihr immer die Einkäufe gebracht, auch das, was sie aus der Apotheke brauchte.«

»Dann haben Sie sie nie besucht?«

»Nur einmal. Doch da konnte ich ihr nicht mehr helfen.«

Scarabea nickte. »Verstehe. Wie lange war sie schon tot, als Sie eintrafen?«

Der Apotheker atmete schwer. Offenbar fand er wenig Gefallen an ihrer Unterredung. »Da müsste ich in meinen Unterlagen nachsehen.«

»Das wäre sehr nett von Ihnen.«

Er musterte sie durchdringend. Seine Augen spiegelten Misstrauen wider. »Warum wollen Sie das eigentlich alles wissen?«

»Ich möchte einfach in Erfahrung bringen, wie und wann sie gestorben ist. Wir standen uns sehr nahe.«

Carl Feigenbaum nickte etwas geistesabwesend. Dann schlurfte er zu einem schmalen Regal auf der anderen Seite des Raumes. Aus einem der Fächer zog er ein Schreibheft heraus, in dem er lange hin- und herblätterte und angestrengt auf die Seiten starrte, als könnte er seine eigene Handschrift kaum entziffern. Mit gleichgültiger Stimme und ohne aufzublicken sagte er schließlich: »Der Tod muss so gegen sieben Uhr morgens an Frau Eichhorns Tür geklopft haben.«

Auf dem Rückweg dachte Scarabea angestrengt über das Gehörte nach. Ihr lief es noch immer kalt den Rücken hinunter. Waren die Menschen hier wirklich so einfältig, wie es den Anschein hatte? Sie wollte schleunigst nach Hause. Doch sie war noch nicht weit gekommen, da stellte sich ihr der Pfarrer in den Weg.

»Sagt Ihnen der Begriff Totenruhe etwas?« Seine Stimme hatte einen scharfen und bestimmenden Ton angenommen, und er wirkte viel weniger freundlich als noch am Vormittag, als er Hettys Beerdigung abgehalten hatte.

»Sie werden mich bestimmt gleich aufklären«, sagte Scarabea so freundlich, wie sie nur konnte.

»Indem man sich ruhig verhält, bezeugt man Respekt vor den Verstorbenen«, belehrte er sie. »Ihr Verhalten war absolut unangemessen.«

Scarabea zuckte mit den Schultern. »Wer sagt denn, dass die Toten Ruhe wollen? Vielleicht finden sie es viel schöner, wenn die Lebenden auf ihren Gräbern feiern.«

»Das ist Blasphemie!«, rief der Pfarrer und bekreuzigte sich.

Scarabea lächelte. »Nein, ist es nicht. Blasphemisch sind hier nur Sie und Ihre intolerante Sichtweise.«

»Wie können Sie es wagen, einen Diener Gottes zu diffamieren?«

»Jetzt kommen Sie mir nicht mit der Leier. Der Punkt ist doch, dass Sie nicht in der Lage sind, auch nur einen Meter über Ihren eigenen Tellerrand zu schauen. Doch lassen Sie sich eines gesagt sein. Ich denke nicht daran, auf derlei alberne Empfindlichkeiten Rücksicht zu nehmen.«

Im Gesicht des Pfarrers spiegelte sich blanke Wut. »Sie sollten besser aufpassen, was Sie sagen.«

»Ach ja? Drohen Sie mir sonst mit Hexenhammer und Scheiterhaufen? So ein kleines Höllenfeuer ist doch immer nett, nicht wahr? Tja, tut mir leid, da kommen Sie ein paar Jahrhunderte zu spät.«

»Was fällt Ihnen ein, Sie anmaßende Person! Gehen Sie dahin, wo Sie hergekommen sind, und das möglichst schnell. Jemanden wie Sie brauchen wir hier nicht.«

Scarabea kickte einen kleinen Stein beiseite. »Ich denke ja gar nicht daran. Und einschüchtern lasse ich mich erst recht nicht. Spielen Sie hier ruhig weiter den Inquisitor. Aber ohne mich.« Damit ließ sie den immer noch vor Wut schäumenden Pfarrer links liegen und ging davon.

Nur fünf Minuten

Die Hummelstichler Polizeidienststelle lag am Rande eines zerfurchten Rübenackers und sah alles andere als respekteinflößend aus. Zwar bestach die Umgebung mit landwirtschaftlichem Idyll, was neben dem angepflanzten Wurzelgemüse aber vor allem an Trudi, der schielenden Kuh, lag, die hier in der Nähe regelmäßig weidete. Doch das half dem kleinen Gebäude wenig. Die in die Jahre gekommene hölzerne Baracke stand auch an diesem Mittwochmorgen einsam und traurig auf weiter Flur und wirkte so trostlos wie ein verwittertes Bushäuschen. Das Dach war von zahlreichen undichten Stellen übersät, auf der Metalltür trieb der Rost sein Unwesen, und hinter den trüben Fenstern zeichneten sich schmutzige Gardinen ab. In einer defekten Leuchtreklame über der Tür dämmerten die weißen Buchstaben »POLIZEI« auf dunkelblauem Grund.

Merkwürdigerweise entsprach der Zustand der Polizeiwache auch der Gemütsverfassung des einzigen Polizisten im Dorf. Sven Grüneis war ebenso einsam und traurig wie sein Arbeitsplatz. Denn obwohl er über ein freundliches Gesicht und einen muskulösen Körper verfügte, ein tüchtiger und geschickter Bursche war und mit gerade mal dreißig Jahren noch nicht dem »Verein der alten Krauter« angehörte, war es ihm bisher nicht gelungen, eine Frau zu finden. Ja, es war eine Frau, die er vor allen anderen Dingen bitter nötig hatte. Und das nicht nur der Zweisamkeit wegen. Er brauchte eine, die anpacken konnte. Die Renovierung des alten Bauernhauses, die Pflege des Gartens, das Bestellen der Felder und die Betreuung der Tiere – all das war zu viel für einen allein. Wenn er nicht bald eine geeignete Kandidatin fände, würde er eine Hilfskraft einstellen müssen. Doch das konnte er sich finanziell nicht leisten. Und dabei hatte er nichts unversucht gelassen. Kontaktanzeigen, Partnerbörsen im Internet, Speed-Datings. Pustekuchen.

Zum Glück hatte er noch ein Ass im Ärmel. Imken Brause

mit ihrer Fernsehsendung »Landwirt sucht Liebe«, die schon so viele seiner Leidensgenossen unter die Haube gebracht hatte. Warum also nicht auch ihn? Zwar war er ganz und gar nicht der Typ, der das Licht der Öffentlichkeit suchte. Doch manchmal musste man eben den unbequemen Weg gehen, um sein Ziel zu erreichen. Aus schierer Verzweiflung hatte er sich beworben und war prompt ausgewählt worden. Dass er neben seiner Arbeit als Landwirt auch Polizist war, hatte er bewusst verschwiegen. Schließlich war er nur ein halber Polizist, und eigentlich fühlte er sich auch gar nicht als solcher. Das lag an der fehlenden praktischen Erfahrung. Denn meistens saß er in seiner bescheidenen Dienstbaracke nur die Zeit ab, trank Tee, las Wildwestschmonzetten und sehnte sich nach seinem Vieh. Er hatte sogar Sprechzeiten eingerichtet, doch außer ein paar alten Damen, die ihm ab und zu selbst gebackenen Streuselkuchen vorbeibrachten, kam niemand. So richtig ackern konnte er nur auf seinen Feldern. Dazu kam, dass ihm das Buddeln, Säen, Jäten und Ernten, Füttern, Striegeln und Melken nicht nur gut von der Hand gingen, sondern ihn auch erfüllten. Alles, was ihm fehlte, war ein Mensch, bevorzugt ein weiblicher, mit dem er all das teilen konnte. Mit dem er träumen, lieben und lachen und reden konnte. Viel zu lange schon verbrachte er die meiste Zeit des Tages mit seinen Tieren, und erst neulich hatte er sich selbst dabei beobachtet, wie er eine Gurkenpflanze vollquasselte. Das Gespräch war entsetzlich einseitig gewesen. Nein, er brauchte jemanden um sich. Jemanden, der manchmal auch etwas zu sagen hatte und ihn von den Selbstgesprächen mit dem Gemüse abhielt.

Morgen, am Donnerstag, würde es endlich losgehen. Dann kam Imken und hatte hoffentlich die Richtige im Schlepptau. Die Fernsehkameras würde er einfach ignorieren.

Während Sven Grüneis über sein bevorstehendes Glück nachdachte, füllte er mehrere Holzkisten mit frisch geerntetem Blumenkohl, Frühlingszwiebeln, Radieschen und Karotten. Das Obst und Gemüse wuchs und gedieh bei ihm so gut, dass es eine Wonne war. Tatsächlich war es sogar das Beste, was man weit und breit finden konnte, und das hatte sich im Dorf schnell herumgesprochen. Es gab kaum jemanden, der nicht bei ihm einkaufte, und sogar den Metzger Meuselböck und den Wirt Schimmelpfennig belieferte er regelmäßig.

Als er die Kisten gerade auf den Hänger seines Traktors geladen hatte, bog eine auffällig bunt gekleidete Frau mit feuerroten Haaren um die Ecke und lief zielstrebig auf ihn zu.

»Sind Sie der Polizist Grüneis? Ich muss Sie dringend sprechen.«

Mit der Lässigkeit eines Werbespotcowboys winkte er ab. »Der bin ich erst heute Nachmittag ab fünfzehn Uhr wieder. Jetzt bin ich gerade Landwirt.«

Die Frau sah ihn verdutzt an. »Das ist aber eine eigenartige Doppelrolle. Trotzdem, es ist wirklich sehr wichtig.«

»Ja, das ist meine Arbeit auch. Ich muss meine Kunden beliefern.«

»Aber verstehen Sie denn nicht? Ich habe ein Verbrechen zu melden.«

Er verdrehte die Augen und gab sich keinerlei Mühe, seinen Unmut zu verbergen. »Na gut. Aber nur fünf Minuten.«

Scarabea runzelte die Stirn. Ach du grüne Neune, dachte sie. Das war ja zum Mäusemelken!

»Mein Name ist Scarabea von Maarstein«, sagte sie und kam dann gleich zum Punkt. »Ich glaube, dass meine Freundin Henrietta von Eichhorn ermordet worden ist.«

»Wie kommen Sie denn auf so was?«

Scarabea beschloss, ihr sonderbares Bauchgefühl nicht als Grund anzugeben. Der angebliche Polizist, der ihr in Latzhosen und kariertem Hemd gegenüberstand, wirkte schon skeptisch genug. »Eine Reihe von Indizien«, antwortete sie stattdessen. »Ihre Wohnung ist durchwühlt worden, und im Kamin habe ich die Verpackungsreste eines Herzmedikaments gefunden. Dabei ist sie nie herzkrank gewesen.«

Sven Grüneis schüttelte lächelnd den Kopf und schwang sich auf den abgenutzten Sitz seines Traktors. »Mord in Hummelstich? Das ist völlig absurd. Wir sind eine friedliebende Gemeinschaft. Ein Ort voller zufriedener, glücklicher Menschen. Außerdem haben wir für kriminelle Machenschaften gar keine Zeit.«

So langsam verlor Scarabea die Geduld. »Verdammt noch mal, was reden Sie denn da? Sie müssen der Sache nachgehen!«, forderte sie energisch und stampfte dabei mit dem Fuß auf den Boden auf.

Der junge Mann ließ sich davon aber nicht beeindrucken. »Jetzt muss ich zuerst einmal diese Waren zum ›Goldenen Lamm‹ bringen. Der Wirt wartet schon darauf. Kommen Sie doch heute Nachmittag noch einmal zu mir in die Dienststelle. Da können wir gern noch mal in Ruhe darüber reden.«

»Vergessen Sie's! Ich werde so lange wie eine Pestbeule an Ihrer Seite bleiben, bis Sie mich ernst nehmen.« Flink wie ein Wiesel sprang sie auf den Anhänger und ließ sich neben den Holzkisten mit dem Obst und Gemüse nieder.

Sven Grüneis zuckte genervt mit den Schultern, ließ den Motor an und gab Gas. Der Traktor tuckerte knatternd davon.

Sie fuhren auf blitzblanken Straßen an malerischen Bauernhäusern, großflächigen Koppeln und riesigen Scheunen vorbei, passierten Steckrübenfelder, stämmige Laubbäume und klatschmohnbewachsene Wiesen, auf denen sich Bienen, Käfer und Schmetterlinge tummelten. Sie sahen zwei schokoladenbraune Hasen durch das noch taubenetzte Gras hoppeln. Hier und da rekelten sich schläfrige Katzen in den wärmenden Strahlen der Frühjahrssonne.

Nur Hummelstichlern begegneten sie nicht, was Scarabea äußerst gespenstisch vorkam. Nicht einer einzigen menschlichen Seele. Das ganze Dorf war wie ausgestorben.

Mühsam und mit dem Tempo einer altersschwachen Schnecke kroch der Traktor vorwärts. Dabei machte er einen solchen Lärm, dass er sogar den lieblichen Gesang der Vögel übertönte. Er schnaufte und rasselte wie ein Marathonläufer mit Asthma.

Nach einer gefühlten Ewigkeit hielt das Gefährt keuchend

an. Sven Grüneis sprang vom Fahrersitz und streckte Scarabea seine Hand entgegen, um ihr von der Ladefläche zu helfen. Dann nahm er die obersten zwei Holzkisten vom Anhänger und ging auf die Tür des Gasthauses »Zum Goldenen Lamm« zu. Scarabea schnappte sich ebenfalls eine Kiste und folgte ihm.

Der Schankraum des Wirtshauses lag, da er von keiner künstlichen Lichtquelle beleuchtet wurde, im Halbdunkel. Sie stellten die Kisten auf einem der Tische ab und sahen sich um. Scarabea staunte besonders über die Größe des Raumes, die sich ihr am Vortag, als alles voller Gäste und fast kein einziger Stuhl unbesetzt gewesen war, gar nicht so gezeigt hatte.

»Hallo? Jemand da?«, rief Sven Grüneis in Richtung der Theke, hinter der ein schwacher Lichtschein aus einer halb geöffneten Tür fiel. Doch niemand antwortete. Es war totenstill, und ein süßlich metallischer Geruch hing in der Luft. Scarabea spürte, wie sich ihr die Nackenhaare aufstellten.

»Bestimmt sind sie in der Küche«, sagte Sven Grüneis und deutete auf den Lichtschein. Sie gingen darauf zu und öffneten die Tür.

Im ersten Moment dachte Scarabea, dass jemand Tomatensuppe verschüttet hätte. Ziemlich viel Tomatensuppe sogar. Nicht nur der Boden, auch die Wände und der größte Teil der Arbeitsflächen waren voll davon. Dann langsam, als sie sich weiter in den Raum hineinwagten, dämmerte ihr, dass die rote Flüssigkeit zwar biologischen, aber keineswegs pflanzlichen Ursprungs war. Inmitten einer größeren Pfütze lag Berta Schimmelpfennig auf dem Boden, Arme und Beine weit von sich gestreckt. In ihrem gespaltenen Schädel steckte ein schweres Beil. Es war haarsträubend. Die toten Augen der Frau starrten angsterfüllt auf das Henkerswerkzeug, das sie exakt in der Mitte der Stirn getroffen hatte.

Auch Ludo Schimmelpfennig bot keinen besonders schönen Anblick. Sein verstümmelter blutüberströmter Körper saß traurig auf einem wackligen Holzschemel in der Ecke. Aus dem besudelten Hemdkragen ragte nicht mehr als ein blutiger

Stumpf. Knapp drei Meter weiter thronte auf einem Berg zarter Spitzkohlblätter der abgehackte Kopf des Mannes. Auf seinem fahlen Gesicht lag ein zutiefst deprimierter Ausdruck.

Sven Grüneis, dessen Haut die Farbe einer unreifen Banane angenommen hatte, presste eine Hand vor den Mund und stürmte wie von der Tarantel gestochen nach draußen.

Scarabea seufzte. Dann ging sie aus der Küche vor zur Theke und nahm einen kräftigen Schluck aus einer halb vollen Tequilaflasche, die sie zwischen den Spirituosen fand. Sie kramte aus ihrer Handtasche ein Paar roter Ziegenlederhandschuhe, streifte sie sich über und marschierte zurück in die Küche. Vorsichtig darauf bedacht, nicht mit dem Blut in Berührung zu kommen, kniete sie sich neben die tote Frau und betrachtete die Mordwaffe. Es war eine Axt, wie man sie zum Holzhacken verwendete, mit einem leicht gebogenen hölzernen Stiel. Die schwarz glänzende Klinge war nahezu gänzlich in den Kopf der Wirtin eingedrungen. Es musste ein Schlag mit ungeheurer Wucht gewesen sein. Auch von Frau Schimmelpfennigs Kiefer war nicht viel mehr übrig als eine braunrote breiige Masse. An den Schultern und Armen fanden sich ebenfalls schwere Verletzungen. Sehr wahrscheinlich hatte sie versucht, den Angriff abzuwehren und ihren Kopf vor den brutalen Axthieben zu schützen.

Einem Instinkt folgend, zog Scarabea einen Handschuh aus und betastete den linken unversehrten Handrücken des Opfers. Er war noch warm. Dann griff sie in ihre Jackentasche, holte das Smartphone hervor und fotografierte das morbide Schlachtfeld, das die Wirtsleute nunmehr boten. Jedes noch so winzige Detail hielt sie fest.

Nachdem sie den grausigen Fund von allen Seiten geknipst hatte, zog sie den Handschuh wieder an und stellte fest, dass der Körper des Mannes, bis auf die Tatsache, dass ihm der Kopf abgehackt worden war, keine größeren Verletzungen aufwies. Daraus schlussfolgerte sie, dass es Ludo Schimmelpfennig völlig unvorbereitet getroffen hatte. Vermutlich war er hinterrücks attackiert worden. Sie führte eine intensive Untersuchung der

Abtrennungsstelle am Hals des Opfers durch und bemerkte dabei, dass die großflächige Wunde, die durch die Enthauptung entstanden war, sehr wulstig, schroff und uneben aussah. Ein klarer sauberer Schnitt war das nicht gewesen. Die Axt war mehrfach angesetzt worden.

Zurück im Schankraum, griff sie erneut zur Tequilaflasche und genehmigte sich einen weiteren, noch großzügigeren Schluck. Der Alkohol verfehlte seine Wirkung nicht, denn sie fühlte sich gleich viel entspannter. Plötzlich schoss ihr ein Gedanke durch den Kopf. Das müsste schon gehen, dachte sie. Mit den entsprechenden Utensilien.

In einer kleinen Schublade hinter der Theke fand sie ein unbeschriebenes weißes Blatt Papier und durchsichtiges Klebeband. Das war perfekt. Nun benötigte sie nur noch farbiges Pulver. In der Küche wurde sie fündig. Die Mischung aus gemahlenen Chilischoten, Liebstöckel und Koriander war für den vorgesehenen Zweck geradezu ideal.

Sie ließ die pulverisierten Gewürze behutsam auf den Stiel der Axt rieseln. Dann legte sie einen Streifen Klebeband darauf, drückte ihn behutsam an und strich so liebevoll darüber, als würde sie einen kranken Hund streicheln. Schließlich zog sie den Klebestreifen wieder ab und klebte ihn auf das Papier.

Heureka!

Drei große fette Fingerabdrücke waren deutlich zu erkennen. Nicht schlecht für einen blutigen Anfänger, dachte sie und steckte den Bogen in die Tasche.

Draußen vor der Tür hockte Sven Grüneis neben seinem Traktor und kotzte sich die Seele aus dem Leib. Scarabea betrachtete ihn mitleidig. Dann nahm sie ihr Handy und wählte die 110.

Wie ein Sechser im Lotto

Für Kurt Pfeiffer, den Kommissar der Frankenhausener Mordkommission, war der Fall noch vor dem Abendessen klar. Seine tägliche Portion Lollo rosso mit Leinsamenschrot und Sojaquark verspeiste er in dem guten Gefühl, den Täter bereits dingfest gemacht zu haben. Schon beim Eintreffen am Tatort hatte er gewusst, wie der Hase läuft. Es war unübersehbar. Selbst ein Blinder mit Krückstock hätte bemerkt, dass hier ein Metzger am Werk gewesen war. Und das meinte er keineswegs metaphorisch, sondern im wahrsten Sinne des Wortes. Denn im tiefsten Inneren seines cholesterinarmen Herzens war er der Überzeugung, dass alle Metzger Mörder waren.

Dieser Gedanke war sein ganzes Leben lang wie ein Kombucha-Pilz in ihm gereift und schließlich bei einer Protestaktion der Anonymen Veganer zur vollen Entfaltung gekommen. Wer es fertigbrachte, unschuldige Tiere zu schlachten, der war seiner Meinung nach auch dazu in der Lage, einen Menschen zu töten. Man beendete ein Leben, so oder so. Mordete rücksichtslos, verkaufte seine Seele und war mit dem Teufel im Bunde. Kaltblütig, nannte er das. Brutalität und Wahnsinn waren da nicht weit.

Die Geschichte des Verbrechens gab ihm recht. Wenn er in seiner Freizeit in alten verstaubten Akten blätterte, fand er immer wieder die Bestätigung. Er konnte auf Anhieb ein Dutzend Metzger aufzählen, die es mit ihrem abscheulichen Hobby in die Schlagzeilen geschafft hatten. Allein in Deutschland wohlgemerkt. Wie es im Rest der Welt aussah, daran wollte er gar nicht denken. Metzger sind Mörder, grummelte er. So war es schon immer, und so war es auch diesmal.

Pech für Erwin Meuselböck, dass er der Metzger war, noch dazu der einzige weit und breit. Das ließ sich nicht leugnen. Doch hier hörte sein Pech noch lange nicht auf. Denn es war tatsächlich seine Axt, welche die Schimmelpfennigs niedergestreckt hatte. Und zu allem Unglück befanden sich auch noch seine Fingerabdrücke auf dem hölzernen Griff.

Den Kommissar überraschte das nicht. Blutrausch, diagnostizierte er das Motiv und wünschte sich insgeheim, er wäre Psychiater geworden, dann wäre ihm der Anblick zerstückelter Leichen womöglich erspart geblieben. Manchmal war ihm sein Job wirklich zu viel. Diese rohe sinnlose Gewalt. Von den nackten geschundenen Körpern ganz zu schweigen. Auch wenn man es Pfeiffer nicht ansah, er war überaus empfindsam. Er würde für den Rest seines Lebens mit diesen barbarischen Bildern im Kopf leben müssen. Dafür wurde man wahrlich zu schlecht bezahlt. Augen auf bei der Berufswahl, hieß es doch so schön.

Trotz alledem konnte er mit seiner Arbeit sehr zufrieden sein. Er hatte es wieder einmal geschafft, dank ihm lief nun ein Mörder-Metzger weniger draußen herum. Da konnte man sich ruhig mal selbst auf die Schulter klopfen. Zumal er den Fall in absoluter Rekordzeit aufgeklärt hatte.

Nur auf eins konnte sich Kurt Pfeiffer keinen Reim machen, nämlich die verstreuten Gewürze auf der Axt und auf dem Körper der toten Frau. Klar war, dass sie nach der Gewalttat dorthin gelangt sein mussten. Doch was hatten sie zu bedeuten? Steckte etwa ein teuflisches Ritual dahinter? Was hatte der Mörder vorgehabt? Ihm kam ein unerträglicher Gedanke. War es am Ende eine Art … Marinade?

Der Kommissar und sein Gefolge waren im Dorf nicht lange unbemerkt geblieben. Neugierig wie eine Schar knopfäugiger Erdmännchen kamen die Bewohner herbeigeeilt, und in null Komma nichts hatte sich das scheinbar menschenleere Dorf in einen Ort verwandelt, der gerade ein rauschendes Volksfest zu begehen gedachte. Schnell waren die ersten Buden da – einfache, mit bunten Wachstüchern bedeckte Tische, auf denen selbst gebackener Kuchen und frisch gekelterter Apfelmost angeboten wurden. Kaffee- und Mandelduft kitzelte die Nasen, und mittendrin im Getümmel verkauften zwei dreizehnjährige Rotzbengel Lose. Überall wurde gelacht, die Menschen waren ausgelassen und fröhlich, von irgendwoher kam Musik. Einige der Hummelstichler plapperten und schwatzten aufgeregt durcheinander, andere standen bloß staunend da. Niemand wollte verpassen, was da vor sich ging. Es wäre auch wirklich unverzeihlich gewesen, denn die Wahrscheinlichkeit, dass in ihrem kleinen Dorf etwas Unvorhergesehenes passierte, war in etwa genauso groß wie die Wahrscheinlichkeit, von einem Kometen erschlagen zu werden. Von diesem Tag, was immer er noch bringen mochte, würde man sich noch lange erzählen. Darüber waren sich alle einig. Denn Absperrband und Leute in weißen Overalls kannte man hier nur aus dem Fernsehen. In den amerikanischen Serien, die zur besten Sendezeit liefen, war es ganz genauso. Auch da gab es meist einen grauschläfigen wortkargen Kommissar, der wie ein geübter Marionettenspieler die unsichtbaren Fäden der Ermittlung in der Hand hielt. Tatsächlich dachten viele, dass das Fernsehen zu Besuch wäre. Hummelstich goes to Hollywood.

»Das wird bestimmt diese Kuppelshow für unseren Sven sein«, rief ein großer breitschultriger Mann aus der Menge der Schaulustigen. »Manometer, diese Imken Brause fährt aber ganz schön was auf.«

»Sei nicht dusslig«, herrschte eine dralle Frau ihn an. »Die drehen den neuen ›Tatort‹. Das sieht man doch!«

Während der Traum, von einem amerikanischen Produzenten entdeckt und ein internationaler Leinwandheld zu werden, wie eine abgestandene Dungwolke in der Luft hing, hatten die zwei ortsansässigen Bestatterfamilien den Ernst der Lage bereits erfasst. Als Leichengräber roch man den Tod schon zehn Meter gegen den Wind, und als selbstständige Unternehmer kämpften die beiden Konkurrenten wie die Besessenen um jeden neuen Kunden.

Schon seit über drei Jahrzehnten betrieben die Gebrüder Fritz und Ferdinand Ruhe ihr »Haus der Pietät«. Das ungleiche Paar gehörte zu den unheimlichsten Erscheinungen im Dorf. Dies lag zum einen daran, dass man nicht sehr viel über sie wusste. Da sie sehr zurückgezogen lebten und sich nicht am allgemeinen Dorfleben beteiligten, galten sie als Außenseiter.

Man wusste lediglich, dass sie ein großes altes Haus bewohnten, welches so gruselig war wie die Männer selbst, und dass sie die Verstorbenen stets in einem grünen Oldtimer-Schlachtschiff abtransportierten, das ein Erbstück eines Onkels aus Amerika gewesen war. Ein anderer Grund, weshalb sich die Leute vor ihnen fürchteten, war die äußere Erscheinung der zwei Brüder. Der fünfundfünfzigjährige Ferdinand fiel besonders durch seine extrem blasse Haut auf. Er mied das Sonnenlicht, wo er nur konnte, war von großer, hagerer Statur und stets vornehm gekleidet. Sein fünfzehn Jahre jüngerer Bruder Fritz wirkte dagegen plump und bucklig und war als einfältiger, jedoch gutmütiger Raufbold bekannt. Eine Hasenscharte und mehrere hässliche Pockennarben verunstalteten sein rundes Gesicht. So war es nicht weiter verwunderlich, dass die Dorfbewohner den beiden ungleichen Leichenchauffeuren den Spitznamen »Graf Dracula und der Glöckner« gegeben hatten und ihnen jedes Mal ein Schauer den Rücken herunterrieselte, wenn sie ihn sich hinter vorgehaltener Hand zuflüsterten.

Die zweite Familie, die sich im letzten aller irdischen Gewerbe betätigte, hieß Erdmann und war so beliebt wie eine Gesäßwarze. Otto und Heidi Erdmann waren seit fünfundzwanzig Jahren verheiratet, streitsüchtig und cholerisch veranlagt und mit einer unnatürlich braunen Lederhaut sowie zwei missratenen Töchtern im Teenageralter gestraft. Es gab wirklich niemanden, der sie mochte. Doch das kümmerte die Erdmanns wenig. Im Gegenteil, sie schienen die ablehnende Haltung sogar zu genießen. Die Kasse klingelte sowieso, denn der Tod war immer ein einträgliches Geschäft. Sympathie und Beliebtheit spielten da keine große Rolle.

Obwohl in Hummelstich viel gestorben wurde, gehörte der Konkurrenzkampf zum Alltag der beiden Familien. Bei den ständigen Versuchen, sich gegenseitig zu übertrumpfen, kamen die aberwitzigsten Ideen heraus. Der eine warb mit Vorteilswochen, der andere mit Tiefpreisgarantie, und während die beiden Brüder »Bei uns RUHEn Sie sanfter!« auf ihre Reklametafel schrieben, versprachen die Erdmanns jedem Neukunden ein Sargkissen gratis.

»Aus dem Weg«, krakeelte Heidi Erdmann mit ihrer höchst unverwechselbaren Stimme, die einem das Blut in den Adern gefrieren ließ. Sie klang, als würden lange, ungepflegte Fingernägel über eine Schultafel kratzen. »Wir waren zuerst da!«

Sie überreichte einem uniformierten Beamten, der als Aufpasser direkt hinter dem rot-weißen Absperrband positioniert worden war, eine Visitenkarte.

»Schön für Sie. Herzlichen Glückwunsch«, erwiderte Ferdinand Ruhe kühl und steckte dem verdutzten Polizisten ebenfalls eine Visitenkarte zu.

Heidi Erdmann drängte sich dazwischen. »Wer zuerst kommt, mahlt zuerst. Sie wissen doch, wie das läuft.«

»Ich fürchte, Sie haben wieder einmal zu lange im Solarium gesessen und Ihre letzten Hirnzellen sind nun leider auch dahin. In diesem Fall entscheidet das die Polizei.«

Jetzt schaltete sich Otto Erdmann ein. »Wir lassen uns doch von Ihnen nicht provozieren! Außerdem sitzt man im Solarium nicht, man *liegt*. Aber woher soll so ein spießiger Blutsauger wie Sie das auch wissen?«

Ferdinand Ruhe machte eine wegwerfende Geste. »Ach, kommen Sie. Das ist doch nun wirklich eine Nummer zu groß für Sie.« Er versuchte, die Absperrung zu passieren, doch Otto Erdmann hielt ihn am Jackenkragen fest.

»Denken Sie ernsthaft, dass die Polizei mit so zwei fahlgesichtigen Lachnummern wie Ihnen zusammenarbeiten will?« Er lachte spöttisch.

Ferdinand Ruhe riss sich wütend los. »Besser eine fahlgesichtige Lachnummer als ein hirnamputiertes Brathähnchen. Denn im Gegensatz zu Ihnen habe ich ein Gewissen.«

»Pah«, schnauzte Heidi Erdmann. »Ihr Gutmenschentum können Sie sich sonst wohin stecken. Wenn einer sagt, dass es ihm nicht um die Kohle geht, dann lügt er. Sie käsiger Moralapostel!«

»Bitte beruhigen Sie sich«, mischte sich der Polizist ein. Das hätte er besser nicht tun sollen, denn nun zog er die giftigen Blicke auf sich.

»Wir sind ruhig«, zischten Herr und Frau Erdmann einstimmig.

»Genau«, bestätigte Ferdinand Ruhe.

Es war das erste Mal, dass sich die beiden Bestatterfamilien einig waren, doch damit war der unverhofften Einigkeit auch schon wieder genug Ehre erwiesen.

Gemäß dem Sprichwort »Wenn zwei sich streiten, freut sich der Dritte« fuhr wenig später ein weiterer Leichenwagen vor, den die Polizei aus Frankenhausen angefordert hatte. Die Streithälse bedachten die unbekannten Männer in den schwarzen Anzügen mit herabwürdigenden Blicken und zogen, als sie merkten, dass hier nichts mehr zu holen war, enttäuscht von dannen.

Die Volksfeststimmung verflog so schnell, wie sie gekommen war. Das fröhliche Gelächter und das sorgenfreie Geschwätz verstummten, und kalte Ernüchterung machte sich breit. Da sich die Totengräber nicht länger um die Beute stritten, fiel schließlich auch dem letzten Hummelstichler auf, dass hier etwas ganz und gar nicht stimmte. Es stank gewaltig gen Himmel – und dennoch hatten die Aasgeier bereits das Weite gesucht. Merkwürdig.

Ein Buch mit sieben Siegeln

»In welchen Schlamassel sind wir da nur wieder geraten?« Scarabea streichelte nachdenklich Dr. Jekylls Federkleid.

»Habakuk«, krächzte der Papagei zustimmend und erwiderte die Liebkosungen, indem er zärtlich an ihrem Daumen knabberte. »Habakuk Unglücksrabe.« Die Bezeichnung war zwischen den beiden längst zum Kosewort avanciert.

Scarabea hatte ein Feuer im Kamin entzündet und es sich auf dem Sofa bequem gemacht. Obwohl es nicht kalt war, fröstelte sie. »Wenn du wüsstest, was ich heute gesehen habe. Zum Glück ist dir das erspart geblieben. Wie barbarisch die Menschen sein können ...«

»Elendes Pack«, zeterte Dr. Jekyll und schlug mit seinem krummen Schnabel gegen die Tischkante. »Kommt raus, damit ich euch verhauen kann!«

Scarabea ignorierte den kleinen Wutausbruch und wickelte sich in eine moosgrüne Wolldecke ein. »Wir sind gerade einen Tag hier und haben schon drei Leichen am Hals. Erst Henrietta, und jetzt Ludo und Berta Schimmelpfennig. Ich sag dir was: In diesem Kuhkaff lebt man kreuzgefährlich.«

»Kuhgefährliches Kreuzkaff!«, giftete der Ara und watschelte zornig auf der polierten Tischplatte herum. Dann beruhigte er sich urplötzlich, als fiele ihm etwas ein. Er plusterte sein Gefieder auf, legte den Kopf zur Seite und blinzelte. »Polizei?«

»Ach was, die Polizei! Die kannst du allesamt in der Pfeife rauchen. Der Kommissar ist doch total auf dem Holzweg. Hat einfach den Erstbesten, der ihm in den Sinn gekommen ist, verhaftet. Ausgerechnet der Metzger soll es gewesen sein? Das glaubst du doch im Leben nicht. Welcher Mörder ist denn so dumm und lässt die Tatwaffe mit seinen Fingerabdrücken am Tatort zurück? Das ist mir alles viel zu engstirnig gedacht.«

»Frag doch den anderen Polizisten«, schlug Dr. Jekyll vor.

»Ha, meinst du den jungen Landwirt? Der ist doch noch

ein Grünschnabel. Er hat es ja nicht einmal geschafft, seine Kollegen zu verständigen.«

»Grünschnabel, Grünschnabel«, rief Dr. Jekyll. Offensichtlich gefiel ihm das Wort.

»Der ist fertig mit der Welt, glaub mir. Sven Grüneis wird uns erst mal keine große Hilfe sein. Nein, da werden wir wohl allein etwas unternehmen müssen. Wenn ich nur wüsste, was ...« Scarabea sah sich suchend im Zimmer um, als würde die Antwort wie ein verschrecktes kleines Gespenst irgendwo zwischen den Möbeln kauern. »Was können wir tun?«

Dr. Jekylls Antwort kam ohne zu zögern. »Lesen, mein Schatz.«

Lesen? Natürlich! Sie hatte sich doch immer auf Bücher verlassen, wenn sie in ihrem Leben einmal nicht weitergewusst hatte. Egal, in welcher Tinte sie auch saß, auf das gedruckte Wort hatte sie stets bauen können. Aus ganzen Tintenfässern hatte sie sich schon herausgelesen. Sie überlegte. Tatsächlich besaß sie ein Buch, das ihr jetzt weiterhelfen konnte. Irgendwo in den Tiefen der fahrbaren Bibliothek musste es liegen.

Scarabea rannte nach draußen, sprang wie eine junge Antilope in den Bus, und nach nur wenigen Minuten intensiver Suche hielt sie das Objekt der Begierde in der Hand. Es trug den Titel »Leichenschau am Fundort« und war ein kleiner und übersichtlicher rechtsmedizinischer Leitfaden. Das Buch hatte sie eigentlich einmal für Hetty gekauft.

Ohne Umschweife schlug sie das Kapitel zur Todeszeitbestimmung auf. Unter dem Punkt »Auskühlung der Leiche« fand sie, was sie suchte. Dort waren verschiedene Fragen aufgeführt, die sie in der Lage war zu beantworten. Zum Beispiel, ob die unbedeckten Hautstellen der Leiche, wie Hände und Gesicht, noch warm waren. Scarabea dachte daran zurück, wie sie den Handrücken der toten Frau berührt hatte. Diese Frage konnte sie mit Ja beantworten, der Handrücken war noch warm gewesen. »Welche Konsistenz hatte das Blut gehabt?«, wollte das Buch weiter wissen. Auch daran konnte sich Scarabea gut erinnern. Flüssiger, noch nicht eingetrockneter Lebenssaft hatte den Boden der Küche bedeckt. Wie sah es mit der Raumtemperatur aus? Weder besonders kalt noch besonders warm, dachte Scarabea und schätzte die Zimmertemperatur auf zwanzig Grad. Hatte es einen nennenswerten Luftzug gegeben? Nein. Wie waren die Opfer bekleidet gewesen? Auch das war einfach. Die Wirtsleute hatten weder Bademode noch Skianzüge getragen, sondern ganz normale Alltagskleidung.

Der Richtwert, der sich nach der Beantwortung all dieser Fragen ergab, ermittelte einen Todeszeitpunkt von ein bis zwei Stunden nach der ersten Untersuchung der Leichen. Das hieß, Berta und Ludo Schimmelpfennigs Tod war zwischen sieben und acht Uhr am Morgen des heutigen Mittwochs eingetreten.

Diese neue Information schrieb Scarabea in ein noch jungfräuliches Notizbuch, das ihr bei ihrer Suche in die Hände gefallen war, und ließ es, zusammen mit dem rechtsmedizinischen Ratgeber, in der Tasche verschwinden.

***

Der große Saal im Gemeindehaus, der den Charme eines osteuropäischen Mausoleums versprühte, platzte am frühen Nachmittag aus allen Nähten. Eine Sondersitzung war einberufen worden. Kleine und große, dicke und dünne Menschen standen so dicht aneinandergedrängt, dass nicht mal mehr eine Stecknadel hätte zu Boden fallen können. Die Dorfbewohner waren in Aufruhr. Alle waren zutiefst entsetzt über die Ereignisse, und diese Empörung entlud sich nun wie ein Gewitter über der Hummelstichler Gemeinschaft. Alle redeten wild durcheinander; es wurde debattiert, gestikuliert, gezetert und gestritten. Die Geräuschkulisse war ohrenbetäubend.

Noch nie war solch ein verheerendes Unglück über das kleine beschauliche Dorf hereingebrochen. Eine Katastrophe, die ihnen mit einem Mal und völlig unvorbereitet die Grundversorgung geraubt hatte. Wirtsleute tot – Wirtshaus zu. Metzger verhaftet – Metzgerei zu. Kein Bier. Kein Fleisch. Von einem Moment auf den nächsten. Wie sollten sie das bloß überstehen?

Abgesehen davon, glaubte auch niemand, dass Erwin Meuselböck die Wirtsleute ermordet haben sollte. Er galt als ehrliche Haut und war bei allen beliebt. Noch nie hatte ihn jemand aufbrausend oder gar gewalttätig erlebt. Man kannte ihn als sanften und zurückhaltenden Menschen, der ganz in sich ruhte und keiner Fliege etwas zuleide tun konnte. Es musste sich um reine Schikane handeln. Ein Fall von Polizeiwillkür. Und wenn es das nicht war, dann zumindest ein Justizirrtum. Ja, anders konnte es nicht sein, sagten die Leute. Ganz Hummelstich war Opfer eines schrecklichen Fehlurteils geworden.

Vergeblich versuchte der Ortsvorsteher Karsten Hullalka, die aufgebrachte Menge zu beruhigen. Seine weiche, kraftlose Stimme verhallte ungehört im Getümmel.

Weitaus größere Erfolge erzielte dagegen der Pfarrer. »Der Herr ist mein Hirte, mir wird nichts mangeln«, rief er seiner Herde salbungsvoll entgegen und riss dabei die Hände gen Himmel. Hier und da glotzten ihn große unschuldige Schafsaugen an, doch die meisten ignorierten ihn.

»Er weidet mich auf einer grünen Aue und führet mich zum frischen Wasser.« Theodor Klingbeins frömmelnde Stimme wurde noch lauter. »Er erquicket meine Seele und führet mich auf rechter Straße um seines Namens willen«, salbaderte er durch den Saal und zeichnete unsichtbare Kreuze in die Luft, wodurch er noch mehr Aufmerksamkeit auf sich zog. »Und ob ich schon wanderte im finsteren Tal, fürchte ich kein Unglück; denn du bist bei mir, dein Stecken und Stab trösten mich!«

Die Wölfe im Schafspelz, von denen es im Saal einige gab, rollten mit den Augen. Die ganz Dreisten kicherten sogar. Der Monolog des Pfarrers war jedoch noch nicht zu Ende.

»Du bereitest vor mir einen Tisch im Angesicht meiner Feinde«, predigte er weiter. »Du salbest mein Haupt mit Öl und schenkest mir voll ein.«

Die Menge verstummte allmählich. Schließlich hörte man nur noch ein vereinzeltes Seufzen und das leise Schluchzen der Metzgersgattin Brunhilde Meuselböck, die von Borwin

Wandelohe und Frieda Feigenbaum, der Frau des Apothekers, gestützt und getröstet wurde.

»Gutes und Barmherzigkeit werden mir folgen mein Leben lang, und ich werde bleiben im Hause des Herrn immerdar.« Nach einer kurzen Pause des Schweigens schloss der Pfarrer mit einem lang gezogenen »Amen«.

»Amen«, wiederholten die Schafsköpfe.

In diesem Moment betrat Scarabea von Maarstein den überfüllten Raum. Wie die Läufe von Maschinenpistolen richteten sich die Blicke der Dorfbewohner auf sie. Noch bevor sie ein Wort sagen konnte, überrollte sie die Welle des Argwohns.

»Was macht die denn schon wieder hier?«, rief eine dunkelhaarige Frau und warf Scarabea böse Blicke zu.

»Wo die auftaucht, gibt's nur Ärger«, bestätigte ein altes Männlein mit spindeldürren Armen. Mehrere Menschen stimmten ihm zu.

»Alles war gut, bis sie hierherkam.«

»Seit sie da ist, ist alles anders.«

»Sie hat das Unglück in unser Dorf gebracht. Sie ist eine Hexe!«

Scarabea blieb beinahe die Spucke weg. Dieses Dorf war ihr ein Rätsel. Sollten die letzten fünfhundert Jahre tatsächlich unbemerkt an diesem Örtchen vorbeigezogen sein?

»Seid nicht albern, Leute«, schaffte sich Karsten Hullalka endlich Gehör. »Es bringt doch nichts, einen Unbeteiligten dafür verantwortlich zu machen. Wir sollten lieber darüber beratschlagen, wie es jetzt weitergeht.«

Ein Mann mit dichtem schwarzem Oberlippenbart und verschwitztem Polyesterhemd gesellte sich an die Seite des Ortsvorstehers. »Hullalka hat recht. Am Sonntag findet unser Mopsrennen statt. Bis dahin müssen wir jemanden finden, der uns mit Fleisch beliefert, und einen Bierwagen brauchen wir auch. Irgendjemand muss für die Schimmelpfennigs einspringen und den Ausschank übernehmen.«

Scarabea konnte sich das nicht länger anhören. Ihr platzte

der Kragen. »Drei Menschen sind kaltblütig ermordet worden, und alles, worüber ihr euch Sorgen macht, sind eure Gier nach Fleisch und der Bierausschank?«

Wieder richteten sich alle Blicke auf sie.

»Wieso drei? Ist denn noch jemand ermordet worden?«, fragte der Ortsvorsteher kleinlaut.

Scarabeas Kopf war rot vor Zorn. »Ja, es ist noch jemand ermordet worden. Meine Freundin Henrietta von Eichhorn. Ich bin überzeugt, dass sie keines natürlichen Todes gestorben ist, und ich werde nicht eher ruhen, bis ich den Verantwortlichen gefunden habe.«

Die Kampfansage kam an. Empörtes Gemurmel durchdrang den Raum.

»Sie glauben doch nicht etwa, dass einer von uns …?« Karsten Hullalka beendete den Satz nicht.

Scarabea legte die Karten auf den Tisch. »Doch«, sagte sie entschlossen. »Ich glaube, dass unter uns ein Mörder ist.«

Scarabea macht's

Das dunkelblaue Polizeisiegel zu durchtrennen war ein Kinderspiel. Man musste nur einmal schnell das Taschenmesser durchziehen und fertig. Eine wesentlich größere Herausforderung dagegen war die Sache mit dem Dietrich. Sven Grüneis zitterte. Das war sein erster Einbruch, und er hatte das Gefühl, dass er sich ziemlich dumm anstellte. Im Fernsehen sah das immer viel einfacher aus. Zwar tat er sein Bestes, doch sosehr er auch im Türschloss herumstocherte, es rührte sich nichts.

»Lassen Sie mich mal«, rempelte die Frau ihn an und angelte sich den Dietrich aus seiner verschwitzten Hand.

Er trat beiseite. Sie schob das Werkzeug sachte ins Schlüsselloch, und nach nur wenigen Sekunden sprang die Tür auf. Keine Frage, sie tat das nicht zum ersten Mal.

»Das sollten Sie aber noch üben«, ermahnte sie ihn. »Als Polizist müssen Sie doch im Notfall eine Tür öffnen können.« Es klang ein wenig vorwurfsvoll.

Noch schwieriger als die Sache mit dem Dietrich war für Sven Grüneis, noch einmal den Tatort zu betreten. Allein den Fuß über die Türschwelle zu setzen und in den Schankraum des »Goldenen Lamms« hineinzugehen, kostete ihn seine ganze Überwindung. Als er durch den Raum auf die Küche zuging, um der Frau, die wie ein Spürhund vorausgeprescht war, zu folgen, brach ihm am ganzen Körper der Angstschweiß aus.

Er wusste wirklich nicht, was ihn geritten hatte, dies hier zu tun. Mit dieser Frau hierherzukommen und das Gesetz zu brechen. Alles, was er wusste, war, dass sie auf irgendeine Art und Weise Macht über ihn hatte. Sie schien ihm sonderbar vertraut. Als würden sie schon seit einer halben Ewigkeit gemeinsame Sache machen. Ja, es kam ihm so vor, als ob sie sich in- und auswendig kannten. Zwei, die zueinandergehörten und durch dick und dünn gingen. Wie ein Paar Wanderstiefel aus robustem matschbraunem Schweinsleder. Vielleicht lag es ja an den ungewöhnlichen Umständen ihrer ersten Begegnung. Man findet schließlich nicht jeden Tag zwei massakrierte und zerstückelte Leichen. So etwas schweißt eben zusammen. Auch wenn er, im Gegensatz zu ihr, keine besonders gute Figur dabei gemacht hatte. Doch wer sollte ihm das verdenken? Er hatte vorher noch nie einen toten Menschen gesehen. Zwar kannte er sich mit dem Anblick verendeter Tiere und verkümmerter Pflanzen aus, aber der brutale Mord am Homo sapiens war dann doch etwas anderes. Es hatte ihn völlig aus der Bahn geworfen.

Seine Schwäche hatte sie keineswegs ausgenutzt. Im Gegenteil. Sie hatte seine Kollegen bei der Kriminalpolizei gerufen, und, als der ganze Zirkus vorbei war, seine Hand genommen und das Häufchen Elend, das von ihm übrig geblieben war, nach Hause gebracht.

Er bewunderte sie. Ihre schillernde und exzentrische Persönlichkeit. Ihre unkonventionelle vorlaute Art. Ihre Geradlinigkeit. Sie war so unerschrocken und energisch wie eine wilde Büffelherde. So voller Leben. Scarabea von Maarstein. Was für ein Name. Was für eine Frau! Wäre sie doch bloß dreißig Jahre jünger, dachte er.

Schnell und zielsicher wie eine Fernlenkrakete steuerte Scarabea auf eine schmale Wendeltreppe zu, welche in die obere Etage und in den Wohnbereich der ermordeten Wirtsleute führte. Der junge Dorfpolizist, der große Mühe hatte, Schritt zu halten, hastete hinterher und hörte sich dabei fast so an wie sein altersschwacher Traktor.

»Wonach suchen wir eigentlich?«, fragte er schnaufend. »Die Spurensicherung hat doch schon alles unter die Lupe genommen.«

Sie warf ihm einen verächtlichen Blick zu, als habe er etwas sehr Dummes gesagt.

Der Getadelte reagierte sofort. »Oh, Sie meinen, die waren nicht gründlich?«

»Daran habe ich tatsächlich so meine Zweifel.«

Scarabea, die wieder ihre roten Ziegenlederhandschuhe angezogen hatte, schritt die gesamte Wohnung ab. Sie betrachtete jeden Raum und jeden Winkel so sorgfältig, als wollte sie sich jedes noch so kleine Detail einprägen. Kein Schrank und keine Schublade waren vor ihr sicher. Neugierig durchstöberte sie Kommoden und Regale, spähte unter Sofas und Betten und wühlte sich durch Kontoauszüge, verstaubte Fotoalben und alte Geschäftsakten. Die erste Zwischenbilanz ihrer Suche verwunderte sie kaum, denn wie sie es erwartet hatte, waren die ermordeten Wirtsleute steinreich gewesen. Nur zu gut erinnerte sie sich an die einzige Begegnung mit den Schimmelpfennigs. Die Verschlagenheit war ihnen förmlich aus den Augen gequollen. Tatsächlich hatten sie ein riesiges Vermögen angehäuft und ihrem Namen dabei alle Ehre gemacht. Denn trotz des Reichtums hatten sie äußerst sparsam gelebt und nie etwas für Luxusgüter oder Schnickschnack ausgegeben. Das Geld hätte in diesem Haushalt vermutlich eher Schimmel angesetzt, als dass es in den Kreislauf des Kapitalismus zurückgelangt wäre.

Viel mehr noch als das materielle Vermögen der Ermordeten erregte jedoch ein kleines schmales Notizbüchlein Scarabeas Interesse. Es war in einer Schreibtischschublade verstaut gewesen, gebunden in einen unscheinbaren grauen Einband, und enthielt lediglich handschriftlich vermerkte Buchstaben und Zahlen. Da stand zum Beispiel »151011CF5000« oder »090212FR1200«. Es waren immer sechs Ziffern, gefolgt von zwei Buchstaben, auf die weitere drei bis fünf Zahlen folgten. Sie blätterte durch die Seiten. Beinahe zwei Drittel des Büchleins waren beschrieben. Dann, bei der näheren Betrachtung, bemerkte sie, dass eine der zuletzt beschriebenen Seiten fehlte. Sie war gewaltsam und unsauber herausgerissen worden.

»Was halten Sie davon?«, fragte sie den Polizisten und hielt ihm das Buch unter die Nase.

»Könnte so was wie ein Geheimcode sein«, überlegte er. Dann zuckte er plötzlich unter der Erschütterung des eigenen Gedankens zusammen. »Vielleicht handelt es sich bei den ersten sechs Zahlen um eine Datumsangabe. Tag, Monat, Jahr.«

»Gar nicht schlecht«, lobte Scarabea. »Ja, das könnte tatsächlich das jeweilige Datum sein.«

»Und die Buchstaben sind Initialen«, rief Sven Grüneis stolz. Die Freude über seine plötzliche Erleuchtung hielt jedoch nicht lange an. Schon wurde es wieder zappenduster. »Aber was bedeuten bloß die restlichen Zahlen?«

Als Scarabea nicht antwortete, wiederholte er seine Frage. »Haben Sie dazu eine Idee?«

Die hatte sie. Mehr als das, sie war sich absolut sicher, was die Vermerke zu bedeuten hatten. »Es sind Summen. Geldbeträge.«

Sven Grüneis überlegte. Man konnte förmlich sehen, wie die Gedanken durch sein Gehirn ratterten. »Aber das hieße ja, dass –« Er stockte und hielt den Atem an, so als fürchtete er sich davor, den Gedanken zu vollenden.

»Sagen Sie's ruhig«, ermutigte Scarabea ihn. Doch er gab keinen Pieps mehr von sich. Also holte sie selbst tief Luft. »Es heißt, dass Ludo und Berta Schimmelpfennig hundsgemeine Erpresser waren. Ja, das heißt es wohl.«

Die Augen des jungen Mannes wurden so groß wie Suppenteller. Für eine Weile starrte er aus dem Fenster. Dann sagte er tonlos: »Das kann ich mir gar nicht vorstellen.«

Scarabea grinste ihn an. »Ich mir schon. Das Böse lauert überall.«

Er blickte sich unsicher um, so als könnte gleich eine bis an die Zähne bewaffnete Horde bärtiger Räuber aus dem Wandschrank springen. Verwirrt hob er die Schultern. »Aber ... sie waren immer nett. Haben mir oft nach Feierabend ein Bier spendiert.«

»Das macht sie natürlich zu Heiligen«, spottete Scarabea. »Mal im Ernst, so vollkommen uneigennützig werden sie die Spendierhosen nicht angehabt haben.«

»Wie meinen Sie das?«

»Oh, Grüneis, ich bitte Sie! So naiv können doch selbst Sie nicht sein. Man sitzt beisammen nach einem anstrengenden Tag, trinkt ein Bier und unterhält sich. Die normalste Sache der Welt. Natürlich redet man da auch über seine Mitmenschen. Über die kleinen Fehler und Sünden, die menschlichen Laster –«

»Ich bin doch kein Klatschmaul!«, rief Sven Grüneis und klang ehrlich empört.

»Nein, da haben Sie recht, das sind Sie nun wirklich nicht. Im Gegenteil, Sie sind eher zurückhaltend und ruhig. Eher wortkarg als gesprächig. Es wird nicht einfach gewesen sein, Ihnen Informationen zu entlocken.«

»Jetzt, wo Sie es sagen, der Ludo hat sich schon sehr für meine Arbeit als Polizist interessiert. Er wollte ein Buch schreiben oder so was.«

»Ein Buch? Dafür brauchte er doch sicher Fakten. Insiderwissen und Erfahrungen aus erster Hand.«

Sven Grüneis' Kopf wurde so rot wie ein balzender Tomatenfrosch, und Scarabea befürchtete schon, er würde jeden Augenblick zerplatzen. Es war ein unangenehmer Moment. Die peinliche Stille breitete sich wie ein eiskalter Bergsee zwischen ihnen aus. Scarabea, die Mitleid mit dem jungen Mann hatte, baute schnell eine Brücke.

»Haben Sie hier vielleicht einen Papierkorb gesehen?«

Er nickte und war sichtlich froh über den Themenwechsel. »Ja, dort drüben, gleich neben der Tür.«

Sie griff nach dem hellgrauen bis an den Rand gefüllten Plastikeimer und leerte ihn mit einem entschlossenen Schwung über dem anthrazitfarbenen Flusenteppich aus. Auf den Knien rutschend, begutachteten sie den verstreuten Inhalt. Das meiste war belangloser Abfall. Doch zwischen Einkaufslisten, diversen unbeschriebenen Papieren und alten Kalenderblättern fanden sie auch eine Zeitschrift. Es war die Maiausgabe des Boulevardmagazins »Paparazzi«. Als Scarabea das Heft aufschlug, machten sie eine weitere Entdeckung: Auf verschiedenen Seiten waren einzelne Buchstaben herausgeschnitten worden.

Sven Grüneis sprang auf. Wut verzerrte sein junges Gesicht. »Wie konnte ich nur so blind sein? Die haben mich eiskalt manipuliert und dann das halbe Dorf abgezockt. Wenn nicht sogar das ganze. Keine Ahnung. Ich hatte ja keine Ahnung!«

»Selbstvorwürfe nützen uns jetzt nichts«, versuchte Scarabea ihn zu beruhigen.

Er ging hektisch im Zimmer auf und ab. »Ich hätte etwas merken müssen. Bin ich denn wirklich so ein Dösbaddel?«

»Niemand ist perfekt. Vielleicht waren Sie einfach nur zu gutgläubig?«

»Was ist das nur für eine Welt, in der man niemandem mehr vertrauen kann?«

Scarabea stand nun ebenfalls auf. »Vertrauen Sie sich selbst.« Sie steckte die Beweise in ihre Tasche und blinzelte dem niedergeschlagenen Polizisten schelmisch zu. Von den amourösen Hoffnungen, die er in die Fernsehsendung »Landwirt sucht Liebe« setzte, hatte sie dank des Hummelstichler Buschfunks in Windeseile erfahren. »Haben Sie nicht bald schon eine Verabredung?«, fragte sie keck. »Morgen ist es so weit, oder?«

Er schüttelte den Kopf, sodass sein dichtes strohblondes Haar wie ein Weizenfeld im Wind wogte. »Imken Brause hat abgesagt.«

Das stimmte natürlich nicht ganz, denn Imken Brause hatte sich nie persönlich bei Sven Grüneis gemeldet. Er hatte am späten Vormittag lediglich eine E-Mail von der Produktionsfirma erhalten, in der stand, dass er aufgrund der aktuellen Ereignisse als Kandidat bedauerlicherweise ausscheide. Die Sendung solle nicht mit einem Gewaltverbrechen in Verbindung gebracht werden.

Eigentlich hätte Sven Grüneis darüber deprimiert sein müssen. Stattdessen verspürte er eine wohltuende Erleichterung, der medialen Daumenschraube noch einmal entkommen zu sein.

Scarabea sah ihn lange an. Dann kramte sie in ihrer Handtasche eine Schachtel mit chinesischen Glückskeksen hervor und streckte sie dem jungen Mann entgegen. »Nehmen Sie sich einen Keks aus meiner Orakelbox. Sie sehen so aus, als könnten Sie etwas Weisheit vertragen.«

Nur zögerlich und weil er sie nicht vor den Kopf stoßen wollte, griff er in die Schachtel. Er glaubte nicht an solchen Humbug. Wozu sollte das gut sein?

Sie schien seine Skepsis zu erahnen und versuchte, seinen

Blick einzufangen, doch er wich ihr aus. Ohne viel Federlesens bohrte sie den Zeigefinger in seine Brust. »Öffnen Sie ihn, wann Sie wollen. Aber öffnen Sie ihn.«

Erst zu Hause, als er allein war, dachte er wieder daran. Er wickelte den Keks aus dem Silberpapier, brach ihn in zwei Hälften und zog den kleinen weißen Papierstreifen heraus. Die handgeschriebenen Worte trafen ihn mitten ins Herz:

Liebe findet man nicht durch intensive Suche, sondern so wie eine Muschel am Strand. Im Grunde findet sie uns.

Neun spanische Tapas

Am selben Abend erhielt Scarabea einen Anruf von Borwin Wandelohe, der sich inbrünstig für das eklatante Verhalten seiner Mitbürger entschuldigte und sie zu einem, wie er es nannte, leichten Abendessen, bestehend aus Tapas und Wein, einlud. Überrascht von dieser unerwarteten Geste und weil sie vor Hunger bereits ein ganz flaues Gefühl im Magen hatte, sagte sie umgehend zu und machte sich auf den Weg.

Die Wohnung des Barbiers lag im ersten Stock des hübschen alten Backsteinhauses, in dem sich auch sein Salon befand. Bereits auf der Straße war laute ausgelassene Operettenmusik zu vernehmen, und ein unwiderstehliches Aromenbukett von Knoblauch, wilden Kräutern und würzigem Käse drang aus der grün gestrichenen Eingangstür.

Nach einer warmherzigen Begrüßung führte der dralle Halbspanier Scarabea durch die Räume seines Heims, das so ganz seinem südländischen und temperamentvollen Wesen entsprach und in dem es überall köstlich duftete. Dann bat er seinen Gast zu Tisch und tafelte unter stetigen Beteuerungen, nur ein paar Kleinigkeiten zubereitet zu haben, ein Menü auf, das selbst einem Meisterkoch zu Ruhm und Ehre verholfen hätte. Bohnentortilla mit Speck, Sherry-Eier in Kalbsbrühe, Empanadillas mit Steinpilzen, Kartoffeln mit Chorizo, galizische Wachteln, Kaninchen in Safransoße, gefüllte Sardinen nach katalanischer Art, scharfe Tomaten-Salsa und süßes Brot mit Honig und Zimt. Dazu kredenzte er verschiedene spanische Weine, wobei er freudig sein Fachwissen preisgab und sich überhaupt als gebildeter und angenehmer Gesprächspartner herausstellte. Sie plauderten angeregt über die Reisen und Abenteuer spanischer Entdecker, die Werke Pablo Picassos und die Theater von Sevilla und Madrid, stießen auf die wunderbare Henrietta an, auf den Zirkus und auf das Leben, und es dauerte nicht lange, da tranken sie Brüderschaft.

»Woher stammt eigentlich dein Name?«, fragte Borwin neugierig.

»Er leitet sich von Skarabäus, dem ägyptischen Glückskäfer, ab. Soviel ich weiß, ist es die Idee meines Vaters gewesen, der zeit seines Lebens für Ägypten geschwärmt hat.«

»Und was hast du da am Arm?«,Borwin deutete auf Scarabeas linkes Handgelenk, um das sich ein schlanker Drache mit smaragdgrünen Schuppen wand. »Ist das wirklich eine echte Tätowierung?«

Sie lachte. »Seh ich so aus, als ob ich mich mit Abziehbildchen bemale?«

Borwin Wandelohe musterte ihre orangeroten Haare, in denen eine breite Spange mit silbernen Totenköpfen steckte, und sah ihr tief in die violetten Kontaktlinsen. Er war sich absolut nicht sicher. »Na ja ...«

»Natürlich ist sie echt, zu hundert Prozent echt sogar. Ebenso wie diese.« Sie streifte den rechten Ärmel ihrer flauschigen himbeerfarbenen Strickjacke ab. Ihr schlanker nackter Oberarm war mit einem dunkelblauen Kreuz-Herz-Anker und mehreren schwarzen chinesischen Schriftzeichen verziert.

»Verstehe«, bemerkte der Friseur und war sichtlich beeindruckt. »Du machst keine halben Sachen, was?«

»Nein, das ist nicht so mein Ding.«

Er zwirbelte fasziniert seinen Schnurrbart. »Was bedeuten die Bilder denn?«

»Der Anker stammt aus meiner Zeit auf See. Kreuz, Herz und Anker symbolisieren Glaube, Liebe und Hoffnung und sollen vor Gefahren schützen. Du weißt schon: Orkane, Piraten, Skorbut, Meeresungeheuer, der Fliegende Holländer. Glaub mir, auf dieser Welt gibt es weit mehr Möglichkeiten, den Tod zu finden, als zu überleben. Na ja, wir Seeleute umgeben uns gern mit abergläubischem Zeugs.«

»Du glaubst an den Fliegenden Holländer?«, fragte Borwin und schenkte noch etwas Wein nach.

»Was heißt denn hier glauben? Ich habe ihn mit eigenen Augen gesehen.«

»Ist nicht wahr! Das sagenumwobene unheimlichste Schiff der Welt hast *du* gesehen? Sag mal, da war doch Rum im Spiel.«

Scarabea lachte. »Beim Klabautermann, nein, nicht mehr als ein winziges Schlückchen. Es war da, direkt vor unserem Bug, ein riesengroßes Schiff mit einem Mast so hoch wie der Eiffelturm, gehissten zerschlissenen Segeln und weder Mann noch Maus an Bord.«

Borwin Wandelohe schüttelte sich. »Hör auf, mich gruselt's! Erklär mir lieber, was das für komische Bilder sind.« Mit dem Zeigefinger berührte er die tätowierten chinesischen Schriftzeichen.

»Das sind die Namen meiner beiden Kinder. Pan Tao und Wai Ping. Sie sind schon groß, in den Dreißigern, und haben ihre eigenen Familien. Sie brauchen mich nicht mehr. Nicht, dass sie das sagen würden, doch es ist so. Als Mutter muss man irgendwann loslassen. Aber im Herzen und auf meiner Haut habe ich sie immer bei mir.«

»Du hast chinesische Kinder? Das ist ja toll«, staunte Borwin Wandelohe.

»Halb chinesische«, verbesserte Scarabea. »Sowie ein Viertel Deutsch und ein Viertel Französisch.« Sie erhob ihr Glas und prostete ihm zu.

»Alle Achtung, da haben also drei Nationen ihr Blut in einen Topf geworfen. Das klingt nach einer ganz interessanten Mischung. Was ist denn mit dem Vater der beiden?«

Andächtig und liebevoll blickte Scarabea auf die dritte Tätowierung an ihrem linken Handgelenk. »Das ist Li Chang, mein schmunzelnder Glücksdrache.«

Sie erzählte lange und ausführlich von ihrem Ehemann. Wie sie sich auf der Fidschi-Insel Viti Levu begegnet waren und sich rettungslos ineinander verliebt hatten. Wie sie viele glückliche Jahre in asiatischen Großstädten verbracht hatten und welch schmerzhafte Lücke er hinterließ, als er vor sechs Jahren zum anderen Ufer des Jordans übersetzte.

Dann war es an Borwin Wandelohe, sein Herz zu öffnen. Er erzählte von dem Vater, den er nie kennengelernt hatte und der nur in seiner Phantasie Gestalt annahm, der ihn aber dennoch sein ganzes Leben lang wie ein leuchtender Stern geführt und begleitet hatte. Wie eine erdachte Romanfigur, die sich immerzu aus dem allzu festen Griff des Lesers windet und ihn doch nie wieder loslässt. Wie ein Scherenschnitt von einem Mann mit Hut und Mantel, der im Schatten verharrt und nie sein Gesicht preisgibt.

Er erzählte Scarabea von seiner selbst gewählten Einsamkeit, die er als wohltuend und richtig empfand. Er hatte nie nach einem Partner gesucht, sich nie nach sexueller Erfüllung gesehnt. Solche Gefühle kannte er gar nicht. Eine Familie bedeutete für ihn nur Ballast. Die einzige Ausnahme bildete seine alte gebrechliche Mutter, die eine Etage über ihm wohnte und die er liebevoll umsorgte. Ansonsten strebte er einzig und allein danach, sich beruflich zu verwirklichen. Dieser Ehrgeiz hatte ihn zu einem wahren Genie seines Fachs gemacht. Was Mozart für die Musik war, das war Borwin Wandelohe für die Friseurkunst. Sein größter Wunsch bestand darin, eines Tages in das Land seines Vaters zu ziehen und als der Hofcoiffeur der spanischen Königsfamilie seinen Lebensunterhalt und sein Ansehen zu verdienen. Sie könne ihn ja dann besuchen kommen, sagte er, und dann würden sie zusammen auf seiner kleinen Veranda sitzen und Tapas essen und Rotwein trinken.

Scarabea war gedanklich so sehr in die wohltuend würzige Welt der Iberischen Halbinsel versunken, dass sie alles andere völlig vergaß. Erst als der Coiffeur zu später Stunde eine Keule besten Serrano-Schinkens auftischte, wurde sie mit aller Macht aus ihrem seidenen Kokon herausgerissen. Der Anblick des gehäuteten und geräucherten Schweinebeins, das in einer speziellen Halterung seinen zierlichen Huf gen Himmel streckte, rief ihr schlagartig Berta Schimmelpfennigs sterbliche Überreste ins Gedächtnis. Plötzlich war alles wieder da: das Blut, der gespaltene Schädel, das Beil.

Es war an der Zeit herauszufinden, was Borwin Wandelohe über die beiden toten Wirtsleute wusste.

»Die Schimmelpfennigs waren nicht sehr beliebt im Ort, oder?«

»Stimmt. Eigentlich konnte sie niemand so recht ausstehen.

Aber als Betreiber des einzigen Wirtshauses hier besaßen sie so etwas wie einen Sonderstatus. Sie saßen direkt am Bierzapfhahn, und keiner wollte es sich mit ihnen verscherzen.«

Scarabea strich eine kleine Falte in der weißen Tischdecke glatt. »Gehörte auch zu diesem Sonderstatus, andere zu erpressen?«

Borwin Wandelohe zog überrascht die Augenbrauen hoch. »Woher weißt du das?«

»Ach, das war ganz einfach. Ich habe einfach nur zugehört. Die Spatzen pfeifen es ja schon von den Dächern.«

»Tatsächlich? Dann haben sie das also auch bei anderen gemacht?«

»Haben sie es etwa bei dir versucht?«, fragte Scarabea verdutzt.

Sein Gesicht verdunkelte sich für einen Moment. »Ja, aber sie waren damit erfolglos. Von mir haben sie keinen Cent gesehen.«

Er hielt sein Weinglas nach oben, so als wollte er der Deckenlampe zuprosten, und betrachtete eine Weile die funkelnde rubinrote Flüssigkeit. »Du weißt ja, die Welt des Zirkus und des Theaters hat es mir angetan. Ich liebe es, mich zu verkleiden. Mich zu verwandeln. In eine Rolle zu schlüpfen und mich dabei immer wieder neu zu entdecken.« Ganz gemächlich trank er einen Schluck Wein, stellte das Glas ab und hob entschuldigend die Schultern. »Manchmal ist es auch die Rolle einer Frau.«

Scarabea atmete erleichtert auf. »Sie haben dich in Frauenkleidern gesehen? Meine Güte, und ich dachte schon sonst was. Damit haben sie dich erpresst? Mit dieser Lappalie? Oh mein Gott, seid ihr hier vielleicht spießig.«

»Das ist die Provinz, meine Liebe. Da läuft ein Mann nicht einfach so in einem extravaganten Fummel herum, und schon gar nicht, wenn das Teil keine Hosenbeine hat. Das ist einfach nicht normal.«

Scarabeas strahlende Augen verrieten ihre Begeisterung. »Nicht normal finde ich klasse. Erzähl weiter!«

Borwin seufzte. »Es kam, wie es kommen musste. Als ich

nicht gezahlt habe, hingen eines schönen Morgens am Dorfanger Bilder von mir. Besser gesagt, es waren Collagen. Seiten aus Modezeitschriften. Die schicksten Kleider, die neueste Haute Couture aus Frankreich und überall mein Konterfei darauf. Seitdem bin ich die Dorftunte.«

»Warum hast du sie nicht angezeigt?«, bohrte Scarabea weiter und zog angesichts des versammelten Spießbürgertums die Augenbrauen zusammen.

»Weil es für mich absolut harmlos war und mich sogar amüsiert hat. Dass ich mindestens schwul sei, dachten die Leute doch schon vorher. Schließlich bin ich Friseur. Ich glaube, die Leute erwarten so etwas direkt. Deswegen hat mich die ganze Sache eher amüsiert. Und hey, immerhin war ich auf dem Cover der ›Vogue‹. Wer kann das schon von sich behaupten?«

Er tänzelte flink zu einer kleinen violetten Kommode, aus der er mit stolzgeschwellter Brust besagtes Magazinblatt herauszog und es Scarabea reichte. Sie lachten und kicherten bei der Betrachtung um die Wette.

Da kam Scarabea eine Idee. »Du hast nicht zufällig die Maiausgabe des ›Paparazzi‹ hier, oder?«

»Selbstverständlich. Mai, Juni, Juli, was immer du willst.«

Scarabea klatschte in die Hände vor Freude. »Borwin Wandelohe, du bist ein echter Glücksfall.« Sie zwinkerte schelmisch und warf ihm eine Kusshand zu.

Für eine Zehntelsekunde

Ein wenig angeschickert torkelte Scarabea gegen Mitternacht nach Hause. Ein frischer kühler Nachtwind sauste wie ein eiliger D-Zug an ihr vorbei und brachte sie so sehr aus dem Gleichgewicht, dass sie sich für einen kurzen Moment an einer flackernden Laterne festhalten musste. Der volle runde Mond übernahm die restliche Strecke und leuchtete ihr den Weg durch die dunklen verwinkelten Gassen bis zu Hettys Haus. Scarabea winkte ihm dankbar zu, und es war ihr, als würde er ihr zulächeln. Ganz in ihre eigene Welt versunken, bemerkte sie nicht den schmalen bedrohlichen Schatten, der ihr mit einigem Abstand beharrlich folgte und erst in der Dunkelheit verschwand, als sie, vor der Haustür stehend, in ihrer Tasche nach dem Schlüssel kramte.

»Dr. Jekyll«, lallte Scarabea fröhlich, als sie die Tür aufschloss und in den Korridor trat. »Ich bin wieder da-ha! Wo bist du, mein Schatz?«

Es kam keine Antwort, doch das beunruhigte sie nicht, denn sie nahm an, dass ihr Mitbewohner längst tief und fest schlief. Sie ließ sich mit einem leisen Seufzer auf den karmesinroten Teppich plumpsen, streifte die apfelgrünen Lackstiefeletten von den Füßen und massierte sich sanft die Beine.

Ein ersticktes schwaches Krächzen ließ sie aufhorchen. Sie hielt inne und lauschte angestrengt. Da war es schon wieder. Ohne auch nur einen weiteren Moment zu vergeuden, sprang sie auf und stieß mit voller Wucht die Tür zum Wohnzimmer auf. Fassungslos blieb sie stehen. Waren in ihrer Abwesenheit etwa Trolle zu Besuch gewesen?

Der Raum bot ein Bild der Verwüstung. Tisch und Stühle waren umgestoßen, die Vorhänge heruntergerissen, der Teppichboden zerfetzt. Die Polstermöbel waren mit riesigen Schnittwunden übersät, aus denen Metallfedern und weißer Schaumstoff herausquollen wie Eingeweide aus dem Bauch eines überfahrenen Tiers. Bücher, Kerzen, Papiere und andere

Gegenstände waren in wildem Durcheinander auf dem Boden verstreut. Vor dem weit geöffneten Fenster lagen die Überreste des alten teuren Grammofons. Es war völlig zerstört. Wer immer hier gewütet hatte, er hatte ganze Arbeit geleistet.

Wieder erschallte das dumpfe kurze Krächzen. Es drang direkt aus dem großen Wandschrank, der wie ein Wunder als einziges Möbelstück unversehrt geblieben war und noch immer an seinem ursprünglichen Platz stand. Mit einem silbernen Kerzenleuchter bewaffnet schlich Scarabea auf Zehenspitzen an das Möbel heran, schwang den Leuchter wie eine Keule in die Höhe und riss mit einem lauten Schrei die Schranktür auf.

Zu ihrer Überraschung stieß sie auf keinen Troll, auch auf keinen anderen unheimlichen Wüstling. Vor ihren Augen baumelten bloß leere Kleiderbügel. Erleichtert atmete sie aus. Ich lese wirklich zu viele Schauergeschichten, dachte sie. Die Kleidungsstücke mussten allesamt heruntergerutscht sein und bildeten nun einen stattlichen Berg, von dem das sonderbare Geräusch auszugehen schien. Es wurde von Sekunde zu Sekunde lauter und schriller und klang bald wie ein quietschendes Metallscharnier, das dringend ein paar Tropfen Öl benötigte. Aus irgendeinem Grund dachte Scarabea an den Blechmann aus »Der Zauberer von Oz«. Sie brauchte eine halbe Ewigkeit, um sich durch den Haufen von Webpelzmänteln, edlen Abendkleidern und paillettenbesetzten Zirkuskostümen durchzuwühlen. Ganz unten auf dem Grund lag der Ara und rang nach Luft. »Die...be!«, japste er. »Räu... ber! Hal...tet ... sie!«

»Dr. Jekyll. Was ist denn bloß passiert?« Scarabea hob ihn vorsichtig auf und nahm ihn wie ein Neugeborenes in die Arme. Sein Herz pochte so laut wie die Hufe eines galoppierenden Pferdes.

»Ein–«

»Was?«

»Ein... Ein...dring... Ein...dringling!«

Sie zögerte keinen Moment. Mit dem Ara auf dem Arm ging

sie in den Flur zurück, zog ihr Handy aus der Jackentasche und wählte Sven Grüneis' Nummer.

***

Keine fünf Minuten später war der junge Polizist zur Stelle. Mit gezogener Dienstwaffe und entschlossener Miene durchsuchte er jeden Winkel des Hauses, vom Dachboden bis zum Keller. Scarabea blieb derweil im Korridor und versuchte, den immer noch hyperventilierenden Papagei zu beruhigen. Sie erinnerte sich an den Blutwurzschnaps, der in dem kleinen Schränkchen neben der Garderobe aufbewahrt wurde, träufelte sich einige Tropfen des starken Gebräus auf die rechte Handfläche und hielt sie dem aufgebrachten Vogel unter den Schnabel.

In Dr. Jekylls Augen blitzte es. Neugierig beäugte er die blutrote Pfütze in Scarabeas Hand. »Gift!«, keuchte er dann und wich davor zurück.

»Du kleiner Angsthase«, schalt ihn Scarabea. »Das wird dir guttun. Das ist Medizin.« Zum Beweis leckte sie sich selbst einen der Tropfen von der Hand. »Siehst du? Ich lebe noch. Und schmecken tut's auch.«

Der Papagei blickte Scarabea noch immer skeptisch an, so als wartete er darauf, dass sich die tödliche Wirkung doch noch entfalten würde. Als nichts geschah, näherte er sich vorsichtig und knabberte so lange an Scarabeas Hand herum, bis von dem Blutwurz nichts mehr zu sehen war.

Neben der Schnapsflasche hatte Scarabea einen Stapel alter Jerry-Cotton-Hefte gefunden, und sie wusste, dass nichts auf der Welt ihren gefiederten Freund so sehr beruhigen würde wie eine vorgelesene Geschichte. Meistens waren nur ein paar Zeilen nötig, bis er friedlich einschlummerte.

Sven Grüneis, der gerade die Treppe herunterkam, musste die ganze Szene wunderlich erscheinen: die flippige Scarabea, wie sie auf dem Fußboden sitzend eine Detektivgeschichte vorlas, eine Flasche mit dunkelroter Flüssigkeit neben sich und einen Papagei auf dem Schoß, der ein lautes Schnarchen von sich gab.

Die Durchsuchung des Hauses hatte nicht viel ergeben. Der Eindringling war verschwunden, und außer dem verwüsteten Wohnzimmer schien alles in bester Ordnung zu sein. Da die Haustür keinerlei Spuren von Gewalt aufwies, musste der Täter durch das geöffnete Wohnzimmerfenster hereingelangt sein.

»Wir sollten nachsehen, ob irgendetwas fehlt«, schlug Sven Grüneis vor. Er kannte die Vorgehensweise bei Einbrüchen ganz genau, wie alles, was in den Lehrbüchern stand, die er während seiner Ausbildung gewissenhaft durchgeackert hatte.

Scarabea nickte bereitwillig, brachte jedoch zuerst den Ara ins Schlafzimmer und bettete ihn auf ein großes Kopfkissen. Bevor sie das Licht ausschaltete, strich sie ihm zärtlich über das Gefieder und deckte ihn mit einem weichen Frotteehandtuch zu.

Sie brauchten über eine Stunde, um das Chaos im Wohnzimmer zu beseitigen und einen einigermaßen wohnlichen Zustand wiederherzustellen. Scarabea dachte angestrengt nach, doch soweit sie es beurteilen konnte, fehlte nichts.

»Was könnte der Einbrecher bloß gewollt haben?«, fragte Sven Grüneis.

Scarabea erzählte ihm von dem indischen Messerset, das schon seit ihrer Ankunft verschwunden war. »Komisch. Ich dachte, Henriettas Mörder hätte es bereits gestohlen«, sagte sie nachdenklich.

»Wenn der Einbrecher die Messer nicht gefunden hat, wird er es vielleicht wieder versuchen. Sie sind hier nicht mehr sicher.«

»Unsinn. So leicht lasse ich mich nicht vertreiben.« Energisch stemmte sie die Hände in die Hüfte.

»Ja, das dachte ich mir. Aber bitte verschließen Sie Türen und Fenster sorgfältig. Seien Sie vorsichtig und rufen Sie mich an, wenn Sie irgendetwas Ungewöhnliches bemerken. Ich bin jederzeit für Sie da.«

Als der junge Polizist gegangen war, wurde ihr doch ein wenig mulmig zumute. Sie hätte ihn bitten sollen zu bleiben, wenigstens über Nacht. Nein, dachte sie, die Angst durfte nicht solch eine Macht über sie besitzen. Sie war Scarabea von Maarstein. Sie fürchtete weder Tod noch Teufel. Und ganz bestimmt ließ sie sich nicht von einem dahergelaufenen Meuchelmörder ins Bockshorn jagen!

Aus rein strategischen Gründen legte sie dann aber doch das große scharfe Küchenmesser auf ihren Nachttisch und verbarrikadierte mit einer schweren Kommode die Schlafzimmertür.

***

Trotz der unruhigen Nacht fühlte sich Scarabea nach nur wenigen Stunden Schlaf wieder topfit. Durch den Spalt zwischen den Vorhängen schickte die Sonne bereits ihre goldenen Strahlen herein und sorgte für eine angenehme morgendliche Helligkeit. Das ganze Zimmer war in einen milden Glanz getaucht, und das nächtliche Schreckgespenst hatte sich vollständig verflüchtigt. Es war an der Zeit, beschloss Scarabea, mal wieder eine Runde Scrabble zu spielen. Sie setzte sich im Bett auf, strich die Decke über dem Schoß glatt und griff nach der Handtasche, die sie vor dem Nachttisch abgestellt hatte. Aus den Tiefen des geräumigen Gepäckstückes zog sie die zwei Maiausgaben des »Paparazzi« hervor; das Exemplar mit den ausgeschnittenen Buchstaben, das sie in der Wohnung der Schimmelpfennigs aus dem Papierkorb gefischt hatte, und das unversehrte Exemplar, das Borwin Wandelohe ihr gegeben hatte. Mit der Schere ihres Schweizer Taschenmessers, das sie stets bei sich trug, verglich sie die Seiten, schnitt die fehlenden Buchstaben aus dem vollständigen Heft aus und legte sie auf die weiße Bettdecke. Als sie fertig war, versuchte sie, sich einen Reim auf den Buchstabensalat zu machen.

Insgesamt waren es sechzehn Lettern, darunter fünf »E«, zwei »D«, zwei »L«, zwei »R«, ein »I«, ein »F«, ein »N«, ein »H« und ein »C«, wobei die Buchstaben in Größe, Farbe und Schriftart stark variierten. Es gab Groß- wie Kleinbuchstaben, fett und schmal gedruckte, grazile und kursive, solche in tiefem Schwarz, poppigem Pink und zartem Pastellblau.

Doch welcher Satz beziehungsweise welche Wörter ließen sich aus den Schriftzeichen bilden? Ein Satz, der mit dem Wort »Ich« anfing, war Scarabeas erste Eingebung. So ein typischer Erpressersatz wie »Ich weiß, was du getan hast« oder »Ich habe dich beobachtet«. Doch das gaben die Buchstaben leider nicht her. Schade, dachte sie, wäre aber auch zu schön gewesen. Sie verwarf den Gedanken und schob die Buchstaben zu neuen Wörtern zusammen.

»Feder« und »Leder« waren die nächsten, dann fand sie »reden« und »irren«, von denen es nur ein Katzensprung bis zu »Iren« und »frieren« war. Es folgten »Linde«, »Lende«, »Lerche«, »Elch«, »Erde«, »Leere«, »lehren«, »helfen«, »Hilfe«, »Chef«, »Erfinder«, »leihen« und »feiern«.

Scarabea sprach die Worte laut vor sich hin: »Riechen, reich, Eichel ...«

»Leiche«, tönte es vom Fußende des Bettes. Dr. Jekyll hob den Kopf und blinzelte sie verschlafen an. Er schüttelte das Handtuch von seinen Flügeln, rappelte sich auf und kam wie eine Ente mit Plattfüßen über die Bettdecke gewatschelt.

»Leiche«, wiederholte Scarabea. Ein Kribbeln in den Fingerspitzen sagte ihr, dass Dr. Jekyll richtiglag.

Ein Satz mit Leiche? Oder ein Wort? Hm.

Automatisch, wie die Datenbank einer Bibliothek, spuckte ihr Hirn Buchtitel aus. »Rendezvous mit einer Leiche« von Agatha Christie, »Eine Leiche zu wenig« von Gina Heinrichs, »Vorhang auf für eine Leiche« von Alan Bradley, »Die Leiche im Lavendelfeld« von Karin Schickinger und so weiter und so weiter. Diese abnorme Eigenart ihres zentralen Nervensystems war im Allgemeinen sehr hilfreich. Alles, was sie je gehört, gesehen, gelernt oder gelesen hatte, war wie in einem Computer gespeichert und konnte durch das jeweilige Stichwort jederzeit abgerufen werden. Nachschlagewerke oder Suchmaschinen im Internet benötigte sie fast nie. Sie hatte ihre eigene Suchmaschine direkt in ihrem Kopf.

Doch wie mit allen Medaillen hatte auch diese eine Kehrseite. Oft war die Trefferzahl zum gesuchten Begriff so schwindelerregend hoch, dass Scarabeas Gedanken von Informationen regelrecht überschwemmt wurden. Dann musste sie sich durch den ganzen Datenberg durchwühlen, und das konnte sehr nervtötend und anstrengend sein. Das Schwierige an der Sache war, Ordnung in das Chaos zu bekommen.

Sie konzentrierte sich. »Leichenschmaus, Leichenhemd, Leichenkammer, Leichenbittermiene, Leichensack, Leichenstarre, Leichengräber, Leichenschänder …«

Wieder spürte sie es in den Fingerspitzen kribbeln, und für eine Zehntelsekunde durchflutete dieses sonderbare Gefühl ihren ganzen Körper. Mit einem Mal passte alles zusammen, und die Buchstaben ergaben tatsächlich ein Wort. Ohne jeden Zweifel, dieses Wort war: LEICHENFLEDDERER.

Wenn nur noch Fragen helfen

Sven Grüneis mistete gerade den Schweinestall aus, als sein Telefon klingelte. Ohne in Hektik zu verfallen, lehnte er die verbogene Mistgabel an die gekalkte Wand und wischte sich mit dem Ärmel den Schweiß von der Stirn. Eine dichte Wolke feinster Staubpartikel umtanzte ihn im Sonnenlicht. Auf der anderen Seite des Stalls sah ihn Pit, der dicke Eber, mit kleinen runden Äuglein an und grunzte laut, während die Saubande genüsslich ihr Frühstück aus dem steinernen Trog mampfte.

Die Stimme am Telefon erkannte er sofort. Sie sagte nicht viel, und was bei ihm hängen blieb, war sowieso nur ein einziges Wort. Ein Wort, das Abscheu und Ekel hervorrief. Erneut stieg Übelkeit in ihm auf. Der stinkende Sumpf, der sich in seiner Heimat offenbart hatte, wurde von Tag zu Tag größer. Erst Mord, dann Erpressung und Einbruch – und nun auch noch Leichenfledderei! So viel kriminelle Energie ging auf keine Kuhhaut. Was war nur aus dem friedlichen verträumten Dorf geworden, das er so gut zu kennen glaubte und das er so mochte? Wo er ungestört Kartoffeln anbauen und Setzlinge pflanzen konnte? Wo die Menschen in Harmonie und ungetrübter Glückseligkeit lebten? War das am Ende alles nur eine Illusion gewesen? Ein Wunschtraum, an den er sich all die Jahre geklammert hatte?

Wie auch immer, ihm war klar, dass er jetzt in der Pflicht stand und dass die ganze abscheuliche Situation auch eine Chance bot. An dieser Aufgabe würde er wachsen wie eine Bohnenstange.

Versonnen kraulte er Pits fette Schwarte und flüsterte dem Tier beruhigend ins Ohr. Ja, irgendwie hatte er das Gefühl, dass ihm die ganze Angelegenheit letztendlich noch eine gute Ernte einbringen würde.

***

Im »Haus der Pietät« war es düster und kalt. Es roch nach nassem Yakfell, verbranntem Horn und Bohnerwachs – insgesamt ein äußerst muffiges und penetrantes Raumdeodorant. Schwere dunkle Samtvorhänge saugten begierig alle Geräusche in sich auf und verhinderten, da sie der Sonne den Zutritt verwehrten, das Fortbestehen jeglicher Form der Vegetation. Selbst die künstlichen Lorbeerbäumchen sahen verkümmert aus. Auch waren auf merkwürdige Weise die Spektralfarben im Raum verschwunden, als hätte man das Bunt aus dem gesamten Mobiliar herausgesaugt und nichts als eine Skala unterschiedlicher Grautöne zurückgelassen. Es schien, als hätte jemand beim Betreten des Gebäudes einen Schwarz-Weiß-Film eingeschaltet.

Den jungen Dorfpolizisten gruselte es gewaltig. Die feinen Härchen in seinem Nacken stellten sich auf wie die Borsten des dicken Ebers Pit, und er spürte, wie es ihm eiskalt den Rücken hinunterlief. Im diffusen nüchternen Licht zweier gut versteckter Neonröhren zeichneten sich die Umrisse vieler dunkler Särge ab. Ob sie belegt waren, konnte man nicht sagen, doch das Bestattungsinstitut schien zweifellos ein Ort zu sein, für den sich wohnungssuchende Vampire begeistern konnten.

Der Besitzer des Hauses, Ferdinand Ruhe, passte in diese Umgebung wie Dr. Parnassus in sein Kuriositätenkabinett. Er war von großer, hagerer Gestalt und seine Haut so bleich, dass selbst ein Untoter neidisch geworden wäre. Seine Erscheinung zeugte außerdem von einem vornehmen und altertümlichen Stil, den man zum Beispiel an seiner Kleidung, einem Anzug aus teurem Brokat, ablesen konnte. Obwohl es nicht möglich war, einen Blick auf sein Gebiss zu erhaschen, ließ sich nicht leugnen, dass er seinem Spitznamen »Graf Dracula« alle Ehre machte. Tatsächlich hätte es auch niemanden verwundert, wenn er aus einem seiner Särge gekrabbelt und als riesige Fledermaus in die Nacht hinausgeflogen wäre.

Das alles machte Sven Grüneis arg zu schaffen, und er wäre am liebsten sofort wieder in die bunte, warme und lichtdurchflutete Welt vor der Ladentür zurückgerannt.

Scarabea hingegen schien die gespenstische Atmosphäre

wenig zu beeindrucken. Ohne mit der Wimper zu zucken, eröffnete sie das Gespräch: »Der Polizei liegen neue Erkenntnisse vor, aus denen sich eine Reihe von Fragen ergeben. Dabei ist es notwendig geworden, sämtliche Alibis zu überprüfen. Wo waren Sie gestern zwischen sieben und acht Uhr morgens?«

Der blasshäutige Bestatter blickte stumm zu Sven Grüneis, als wollte er sich vergewissern, dass Scarabea autorisiert war, diese Frage zu stellen. Grüneis nickte, doch das überzeugte Ferdinand Ruhe allem Anschein nach nicht. »Ist das ein offizielles Verhör?«, fragte er den Polizisten und sah bewusst an Scarabea vorbei. Seine Stimme war ruhig und so dunkel wie der Raum, in dem sie standen.

»Das ist eine offizielle Ermittlung«, log Sven Grüneis ohne ein Fünklein schlechten Gewissens. »Bitte beantworten Sie die Frage.«

Noch vor kurzer Zeit wäre ein solches Verhalten für ihn völlig inakzeptabel gewesen. Selbst so eine Notlüge wäre ihm schwergefallen. Doch in den letzten Tagen war viel passiert. Er vertraute Scarabea und stand auf ihrer Seite.

Ferdinand Ruhe zeigte noch immer keinerlei Anzeichen von Nervosität. »Das ist ganz einfach. Gestern war ich den ganzen Morgen hier.«

Während sich der Dorfpolizist auf einem schmalen Block Notizen machte, hakte Scarabea sofort nach. »Hier im Haus? Haben Sie dafür Zeugen?«

»Zeugen?« Der Bestatter durchbohrte sie mit seinem dunklen Blick, und fast konnte man einen bedrohlichen Unterton in seiner Stimme wahrnehmen. »Zählen die Toten auch?«

»Ich fürchte, bei Gericht sind nur lebende Personen zugelassen.«

»Dann habe ich niemanden, der mir ein Alibi geben kann.«

»Es wäre besser, Sie hätten eines.« Noch während sie sprach, zog Scarabea ein Blatt Papier hervor und hielt es dem Mann unter die Nase. Es war mit den Buchstaben beklebt, die das Wort »Leichenfledderer« formten.

Obwohl die Augen des Bestatters nicht mehr die besten waren, brauchte er keine Brille. Eine Weile blickte er bloß stumm auf den Zettel. Dann sah er Scarabea an und fragte mit fester, ernster Stimme: »Was soll das?«

Scarabea fuchtelte wild mit dem Papier in der Luft herum. »Kommt Ihnen das bekannt vor?«

Ferdinand Ruhes Stimme wurde nun entschieden lauter, und seine Empörung wirkte nicht gespielt. »Das ist eine infame und bösartige Unterstellung, die ich entschieden von mir weise! Was gibt Ihnen das Recht, meinen Berufsstand derartig zu verunglimpfen?«

»Das stammt nicht von uns, sondern von den ermordeten Wirtsleuten.« Scarabea vollführte eine besänftigende Geste. »Und es handelt sich dabei ganz eindeutig um ein Erpresserschreiben.«

Der hagere Mann war nun völlig aufgebracht. Es schien, als würde er jeden Moment seine Fassung verlieren. »Sie finden also einen Erpresserbrief, und die Ruhe-Brüder sind die Ersten, die Ihnen dazu einfallen? Das ist doch wieder einmal typisch! Weicht man auch nur ein winziges bisschen von der Norm ab, ist man automatisch verdächtig. Doch ich muss Sie leider enttäuschen, denn Sie liegen völlig falsch. Wir sind Bestatter in der dritten Generation, wissen Sie? Unsere Eltern waren Bestatter, ebenso wie unsere Großeltern, und wenn Sie uns beleidigen, beleidigen Sie unsere gesamte Familie. Wir bereichern uns nicht an den Toten. Auch wenn man uns Graf Dracula und den Glöckner nennt, wir sind keine Monster!«

Für einen Augenblick, der Sven Grüneis endlos lang vorkam, herrschte betretenes Schweigen.

Scarabea musterte den Mann genau. Auf ihrem Gesicht lag ein zufriedener Ausdruck. Ganz offensichtlich hatte sie sich ihre Meinung gebildet.

»Die Schimmelpfennigs haben Sie also nicht erpresst?«

Er wirkte überrascht. »Nein.«

»Haben Sie eine Idee, auf wen im Dorf die Bezeichnung ›Leichenfledderer‹ zutreffen könnte?«

Ferdinand Ruhe brauchte nicht lange zu überlegen. »Ich will nicht schlecht über andere reden. Aber fragen Sie doch mal die Erdmanns.«

***

Die Erdmanns betrieben ihr Bestattungsunternehmen nur zwei Straßen weiter. Im Gegensatz zur Villa der beiden Ruhe-Brüder wirkte das Haus eher unscheinbar; der bröckelnde Fassadenputz war in einer blassen Farbe gehalten, irgendwas zwischen Beige und Grau. Beim Betreten des Geschäfts bimmelte eine Türglocke und kündigte lautstark die Besucher an. Eine Frau um die fünfzig, die hinter einem Tisch mit unglaublich vielen Prospekten saß, blickte hoch und warf ihnen, als sie den Polizisten bemerkte, einen grimmigen Blick zu. Der Raum war taghell, wirkte jedoch sonderbar steril und leer. Es gab keine Pflanzen, nicht einmal künstliche; keine Bilder und keine Särge. Lediglich ein Dutzend verstaubter Urnen, die in einem Regal aus hauchdünnen und gebrechlich aussehenden Pressspanplatten aufgereiht waren, gaben einen Hinweis auf das Gewerbe, das hier betrieben wurde.

Sven Grüneis, dem diese Umgebung zwar lieber als die dunkle und muffige Ruhe-Villa war, konnte sich dennoch eines unguten weichen Gefühls in den Knien nicht erwehren. Er beugte sich zu Scarabea, sodass seine Lippen beinahe ihr Ohr berührten. »Das ist Heidi Erdmann«, flüsterte er. »Die Frau ist ein ziemlich harter Brocken.«

Scarabea zwinkerte ihm lächelnd zu, und wieder einmal war er verblüfft von ihrer Unbekümmertheit.

»Einen schönen guten Tag«, sagte sie freundlich in Richtung der Frau hinter dem Tisch.

Heidi Erdmann machte keine Anstalten zu grüßen. Stattdessen stocherte sie gelangweilt in ihrer Kaffeetasse herum, legte ein Bein auf den Schreibtisch und gähnte.

Missbilligend zog Scarabea ihre linke Augenbraue hoch, dann trat sie entschlossen an den Tisch heran und fegte mit einer pfeilschnellen Bewegung die Tasse um, sodass sich die schwarzbraune Flüssigkeit wie ein Ölteppich über die Broschüren ergoss.

»Verdammt, was fällt Ihnen ein?« Die unangenehm kratzige Stimme der Frau verriet ihre Verwunderung. Mit so einer Aktion hatte sie nicht gerechnet.

»Ups, das tut mir leid, war keine Absicht. Würden Sie jetzt so freundlich sein und uns ein klein wenig Aufmerksamkeit schenken?«

»Wieso sollte ich? Sie sind doch sicher nicht hier, um jemanden unter die Erde bringen zu lassen, oder?«

»In der Tat, wir interessieren uns mehr für die Leichen in Ihrem Keller.«

Heidi Erdmanns Gesicht verzerrte sich vor Wut. »Was? Unsere Leichen gehen Sie gar nix an!«

Scarabea zeigte sich ungerührt. »Wir sind hier, um Sie zu fragen, wo Sie gestern zwischen sieben und acht Uhr morgens waren.«

Heidi Erdmann verschränkte die Arme. »Arbeiten Sie jetzt für die Polente oder was?«, giftete sie Scarabea an.

»Ich arbeite mit der Polente zusammen, wie Sie unschwer erkennen können.«

»Ihr habt den Mörder doch schon. Der irre Metzger war's. So stand es doch in der Zeitung.«

Scarabea lächelte noch immer ausnehmend freundlich. »Hat Ihnen denn noch niemand gesagt, dass Sie nicht alles glauben sollen, was in der Zeitung steht?«

»Dann sind Sie also 'ne Schnüfflerin? Ha, das hätte ich mir ja denken können. Aber von mir erfahren Sie nichts. Kein Sterbenswörtchen.«

»Sie können die Fragen auch gern auf der Dienststelle beantworten«, schoss es aus Sven Grüneis heraus. Diesen Satz hatte er schon lange einmal sagen wollen.

»Müssten Sie mir dazu jetzt nicht irgendeinen Schrieb unter die Nase halten?«

Scarabea erfüllte den Wunsch und hielt der Frau das Papier

mit den ausgeschnittenen Buchstaben unter das hakige Riechorgan.

Die Arroganz aus Heidi Erdmanns Gesicht verschwand augenblicklich. Stattdessen regten sich Angst und Entsetzen darin. »Woher –?« Noch während sie sprach, bemerkte sie, dass sie einen Fehler gemacht hatte, und verstummte.

»Sie kennen diesen Brief, nicht wahr?«, hakte Scarabea nach.

»Nein, wie kommen Sie darauf? Noch nie gesehen, das Ding.«

»Tja, zu dumm nur, dass ich Ihnen das nicht glaube.«

Heidi Erdmanns Gesicht hatte die Farbe eines Käsekuchens angenommen. »Das ist eine hinterhältige Gemeinheit! Eine Verleumdung! Ich kann Ihnen sagen, wer dahintersteckt. Diese zwei Lachnummern haben sich das ausgedacht.«

»Lachnummern?«, fragte Sven Grüneis.

»Fritz und Ferdinand Ruhe. Oh, diese Ausgeburten der Hölle! Sie würden alles tun, um uns zu schaden. Haben Sie mal denen ihr Haus gesehen? Das ist das reinste Gruselkabinett.«

Sven Grüneis verschränkte die Arme vor der Brust und schüttelte energisch den Kopf. »Zwecklos, aus der Geschichte kommen Sie so leicht nicht mehr raus. Sie haben auch so einen Brief erhalten, richtig? Und zwar von den Schimmelpfennigs, und nicht von den Ruhe-Brüdern – habe ich recht? Das ist ein erstklassiges Motiv, Frau Erdmann. Jetzt brauchen Sie wirklich ein Alibi.«

Die Bestatterin lief dunkelrot an. »Nein!«

Scarabea nickte Sven Grüneis wortlos zu. Sie hatten genug erfahren.

Harte Kekse zur zwölften Stunde

»Der Tod hat schon etwas Beängstigendes, finden Sie nicht auch?«

Sie saßen in Henriettas Küche auf zwei anmutigen Korbstühlen und tranken heißen Tee, der in den zarten Porzellantassen wie flüssiges Gold schimmerte. Die erfrischende Wald- und Wiesenmischung, von Henrietta eigenhändig gepflückt, verströmte einen betörenden Duft. Sven Grüneis war wie berauscht. Er fühlte sich mutig, ausgeglichen und ruhig, als wenn alle Schüchternheit von ihm genommen worden wäre. Zum ersten Mal in seinem Leben traute er sich, seine Angst in Worte zu fassen und über dieses für ihn so heikle Thema zu sprechen. Ja, er hatte Angst vor dem Tod. Eine Riesenangst.

Scarabea, die ebenfalls die wohltuende Wirkung des Tees verspürte, sah ihn lange an. Ein Lächeln, auf das Buddha stolz gewesen wäre, huschte über ihr Gesicht. »Kein bisschen. Nein.«

Um ehrlich zu sein, genau diese Antwort hatte Sven Grüneis erwartet. Er konnte sich nicht vorstellen, dass Scarabea von Maarstein überhaupt Angst vor irgendetwas hatte. Nur das Warum war für ihn rätselhaft. Doch dieses Mal fasste er den Entschluss, der Sache auf den Grund zu gehen.

»Was denken Sie denn über den Tod?«, fragte er, noch immer voller Selbstvertrauen. Auf seinem jungen Gesicht spiegelte sich gespannte Vorfreude, als glaubte er, dass sich gleich eines der größten irdischen Mysterien wie ein knackiges Salatherz vor ihm entblättern würde.

»Ich denke, der Tod ist nichts, wovor man sich fürchten muss«, entgegnete Scarabea. »Viele sehen ihn als das Ende an, doch genau genommen ist er erst der Anfang. Der Tod ist wichtig, verstehen Sie? Nur wenn wir sterben, können wir auch wiedergeboren werden. Damit etwas Neues entstehen kann, muss etwas Altes enden. Der Kreis schließt sich.«

Sven Grüneis schwenkte die Teetasse in seiner Hand wie ein Kognakglas. Er hatte noch lange nicht genug. »Dann glauben

Sie also nicht an Himmel und Hölle? Dass die Guten ins Paradies kommen und die Bösen im ewigen Fegefeuer brennen?«

»Ist das Ihr Ernst?« Scarabea konnte es kaum fassen. Dass dieser Frischling aber auch immer so blauäugig war. Wahrscheinlich glaubte er auch noch an den Klapperstorch. »Das ist absoluter Humbug! Himmel und Hölle haben wir doch auf Erden schon genug. Sehen Sie sich doch nur um. Selbst in Ihrer kleinen heilen himmelblauen Welt tun sich infernalische Abgründe auf. Die drei Morde, das Erpresserpärchen und die Leichen fleddernden Bestatter werden die Kriminalstatistik dieses Dorfes ganz schön in die Höhe treiben. Außerdem gibt es keine guten und bösen Menschen. Diese Aufteilung funktioniert nicht. Es steckt etwas von beidem in jedem von uns, und es kommt nur darauf an, für was wir uns entscheiden.«

Sven Grüneis wusste, dass sie recht hatte. Er dachte an die letzten Tage, in denen sein altes Weltbild mächtig ins Wanken geraten war. Es hatte Risse bekommen, wie bei einem spröden Glas, das jeden Moment zu zerbersten drohte, und er stand mittendrin. So hatte sich das angefühlt. Jetzt und hier, in der sicheren Behaglichkeit von Scarabeas Weisheit, sah er seelenruhig zu, wie dieses alte Weltbild wie die Statue eines verhassten Despoten endgültig vom Sockel gezerrt wurde und in tausend Teile zersprang. Von seiner nackten Angst war nichts mehr übrig. Er stand auf den Trümmern, heil und unversehrt, und reckte triumphierend den Daumen in die Höhe.

Sie tunkten runde steinharte Kekse in den Tee. Scarabea hatte sie beim Durchstöbern der Küchenschränke gefunden. Da sie nicht mehr ganz frisch waren, schmeckten sie entsprechend fad. Doch Scarabea, die annahm, dass Henrietta die Bäckerin war, hätte sich eher ein Bein abgehackt, als die Kekse in den Müll zu werfen. Und wenn man sie aufweichte, waren sie gar nicht so übel.

»Trotzdem, ich fand es heute ziemlich gruslig«, kehrte Sven Grüneis zum Thema zurück.

»Gruslig? Ja, das ist die richtige Bezeichnung. Aber nicht

für den Tod, mein Junge. Es ist diese bigotte westliche Sterbeindustrie, die gruslig ist.«

»Dann haben Sie es auch so empfunden? Im Haus von Graf Dracula war es am schlimmsten, nicht wahr? Alles so dunkel, und die vielen Särge – und erst dieser komische Geruch.«

»Ich meine nicht die Räume. Ich meine die ganze Scheinheiligkeit. Der Umgang mit dem Thema Sterben.«

»Ach so.« Sven Grüneis nagte nachdenklich an seinem Keks herum.

»Die Menschen der westlichen Gesellschaft verschließen sich zu sehr«, fuhr Scarabea fort. »Sie tabuisieren und verdrängen den Tod. Doch das ist nicht überall auf dieser Welt so. Auf den Andamanen, wo ich geboren wurde, feiern die Menschen ein riesiges Fest, wenn jemand stirbt. Sie sind ausgelassen und fröhlich und freuen sich für den Verstorbenen, da er nun einen weiteren Lebenskreis abgeschlossen hat. Stellen Sie sich das Leben doch wie ein Studium vor, voller Hausaufgaben, Praktika und Prüfungen. Sie feiern, treffen viele Leute und amüsieren sich. Aber Sie schwitzen auch gewaltig und werden unter Druck gesetzt, fallen vielleicht sogar durch die eine oder andere Klausur. Irgendwann jedoch schließen Sie dieses Studium mit einem großen Examen ab. Dieses Examen ist der Tod, die letzte aller irdischen Prüfungen. Denken Sie wirklich, dass, nur weil Sie Ihr Studium abgeschlossen haben, alles zu Ende ist?«

»Das wäre schon ziemlich blöd. Dann wäre ja all die Plackerei umsonst gewesen.«

»Das trifft den Nagel auf den Kopf. Außerdem gibt es noch so viele andere Studiengänge und Universitäten. Allein auf unserem Planeten. Multiplizieren Sie das mit der Unendlichkeit, und Sie haben eine ungefähre Vorstellung, was uns noch bevorsteht.«

Er nickte, doch in Wahrheit hatte er nicht die leiseste Ahnung, wovon sie da sprach. Ihm schwirrte der Kopf, als hätte sich ein Schwarm Hornissen darin ein Nest gebaut.

Scarabea lehnte sich in ihrem Korbstuhl nach vorn und bohrte ihm den Zeigefinger in die Brust. »Und tun Sie mir einen Gefallen. Hören Sie auf, ständig anderen Leuten nachzuplappern. Lassen Sie das mit Graf Dracula. Nennen Sie den Mann bei seinem richtigen Namen, okay?

Sven Grüneis nickte betreten. »Es ist nur so ... Dieser Spitzname passt so gut zu ihm.«

Sie sah ihn durchdringend an. »Sie haben keine Ahnung, weshalb er so blass ist, oder?«

»Keinen Schimmer. Sie etwa?«

»Klar. Offenbar leidet der arme Mann an einer Form von Lichtallergie. Die Medikamente auf seinem Schreibtisch legen diesen Schluss nahe.«

»Da stand ein Schreibtisch?«

Scarabea lachte spöttisch. »Haben Sie Tomaten auf den Augen?«

»Es war stockfinster.«

»Wenn das alles ist, was Sie zu Ihrer Verteidigung zu sagen haben, dann reicht das nicht für einen Freispruch. Haben Sie etwa auch das Indiz übersehen, weshalb Ferdinand Ruhe nicht der Leichenfledderer sein kann?«

»Sieht ganz danach aus.«

Scarabea seufzte. »An der Wand rechts vom Schreibtisch hing ein Stück Stoff mit einem dicken Rahmen drum herum. Darauf war ein Spruch gestickt, der sagte: ›Behandle jeden Verstorbenen so, als wäre es deine Mutter oder dein Vater.‹«

»Wow. Sie haben ja Augen wie ein Luchs«, staunte der junge Polizist.

»Der Punkt ist: Wer sich so etwas an die Wand hängt, vergeht sich nicht an Leichen.«

»Stimmt. Aber ein klein wenig schräg ist Graf, äh, ich meine, Herr Ruhe schon.«

»Das spricht doch für ihn.«

»Genau. Schräg ist schick«, bestätigte eine kleine kratzige Stimme vom veilchenblauen Linoleumfußboden herauf. Es war Dr. Jekyll, der just in dem Moment in die Küche gewatschelt kam. Scarabea hob ihn hoch und setzte ihn auf dem Küchentisch neben der dickbauchigen Teekanne ab.

Sven Grüneis betrachtete den seltsamen Vogel voll Neugier. »Der ist echt putzig«, rief er entzückt und hielt ihm einen Finger hin, als wäre er ein pausbäckiger Säugling in einem Kinderwagen.

»Frechheit«, schimpfte der Papagei. »Der Grünschnabel nimmt sich aber ganz schön was raus.«

Scarabea zwinkerte dem Ara zu und wandte sich an den verdutzten Polizisten. »Beachten Sie seine Tiraden gar nicht. So ist er meistens, der kleine Halunke.«

»Genau. Ich bin ein Halunke. Ein gefährliches Raubein. Ich hab dich auf meinem Radar, Jungchen. Nur damit du Bescheid weißt!«

»Ach, Dr. Jekyll. Sei nicht so kratzbürstig«, sagte Scarabea und stellte ihm einen Teller mit klein geschnittenen Früchten hin. So ließ sich der Ara gern besänftigen. »Er ist Fremden gegenüber immer sehr misstrauisch«, flüsterte Scarabea.

»Nach allem, was in den letzten Tagen in diesem Dorf passiert ist, denke ich, man kann nicht vorsichtig genug sein«, wisperte Sven Grüneis.

Scarabea grinste. »Sie sagen es.«

»Ich nehme an, wenn es einen Dr. Jekyll gibt, dann gibt es auch einen Mr. Hyde?«

Blitzschnell berührte Scarabeas Zeigefinger ihre Lippen. »Pst! Das Thema ist ihm ein bisschen peinlich. Er ist nämlich sehr sensibel.«

»Verstehe. 'tschuldigung. Okay, reden wir über etwas anderes.«

»Ja, zum Beispiel über die Erdmanns«, stimmte sie ihm enthusiastisch zu und goss in beide Tassen Tee nach.

Sven Grüneis kicherte. »Das war vielleicht lustig, als Sie den Kaffee umgeschüttet haben. Heidi Erdmanns Gesicht war der absolute Hammer.«

Scarabea stimmte in sein Kichern ein. »Am besten gefiel mir ihr Gesicht, als ich ihr den falschen Erpresserbrief unter die Nase gehalten habe.«

»Oh ja, das war eine Wucht. Sie war völlig perplex. Dass ihr mal jemand Paroli bietet, hat sie nicht erwartet. Das hat sie total aus den Socken gehauen.«

»Vor allem hat es funktioniert und uns gezeigt, was wir wissen wollten. Sie wurden von den Wirtsleuten erpresst. Das ist ein astreines Mordmotiv. Sie hat sich verraten, und damit ist klar, wer der Leichenfledderer hier im Dorf ist.«

»Und der Mörder«, schloss Sven Grüneis.

Die Fröhlichkeit verebbte schlagartig und machte Platz für andere, sehr viel dunklere Emotionen.

»Diese widerlichen Scheusale. Bestien!«, entfuhr es Sven Grüneis. Doch ihm fiel beim besten Willen kein Schimpfwort ein, das er auch nur annähernd als passend empfunden hätte. »Am liebsten würde ich sie auf der Stelle festnehmen. Vielleicht sollten wir mit Kommissar Pfeiffer sprechen.«

Scarabea neigte nachdenklich den Kopf zur Seite. Das hielt sie für keine gute Idee. »Ich fürchte, dafür ist es noch zu früh. Im Grunde können wir den Erdmanns außer einem starken Motiv nichts nachweisen. Außerdem müsste der Kommissar seinen Irrtum bei der Verhaftung des Metzgers eingestehen, und ich kann mir nicht vorstellen, dass er sonderlich darauf erpicht ist. Da müssen wir schon mit etwas Handfestem kommen.«

»Ich hoffe nur, sie rotten bis dahin nicht das halbe Dorf aus.«

Scarabea biss sich auf die Unterlippe. Sie wusste, dass er seine Bemerkung todernst meinte, und auch sie verspürte eine enorme Wut im Bauch, gemischt mit Abscheu und Ekel. Doch irgendeine leise Stimme in ihr riet auch zur Vorsicht. »Sven, hören Sie mal. Es ist nicht bewiesen, dass sie die Mörder sind, die wir suchen.«

Sein Blick verdüsterte sich. »Aber wer denn sonst, wenn nicht sie? Das liegt doch auf der Hand.«

»Es wäre denkbar, das gebe ich zu. Immerhin haben sie ein starkes Interesse daran, dass die Schimmelpfennigs verschwinden.«

»Bingo.«

»Und sie sind skrupellos.«

»Doppelbingo.«

»Doch es muss nicht zwangsläufig so sein. Es könnten auch weitere Dorfbewohner von den Wirtsleuten erpresst worden sein.«

»Was? Versteh ich nicht.«

»Ich meine nur, dass wir besonnen sein müssen, wenn wir nicht den gleichen Fehler begehen wollen wie der Kommissar. Wir müssen einen kühlen Kopf behalten.«

»Na gut. Aber irgendetwas müssen wir doch tun können.«

Mit einem Mal bekam Scarabea glänzende Augen. Sie sprang auf, als hätte ihr Hintern Feuer gefangen. »Ich weiß, was wir machen. Wir gehen in die Bibliothek.«

Buch Nummer dreizehn

Eine so ungewöhnliche Bibliothek hatte Sven Grüneis noch nie gesehen. Freilich war er von seinen Eltern und Lehrern in die eine oder andere Bücherei getrieben worden, doch der richtige Enthusiasmus hatte dabei einfach nie aufkommen wollen. Seine Lektüre beschränkte sich seitdem auf abgehalfterte Westernromanzen, seine Lehrbücher für den Polizeidienst sowie diverse Ratgeber zum Thema Landwirtschaft. Dieses Repertoire hatte ihm dreißig Jahre lang voll und ganz genügt.

Doch nun, als er im Inneren von Scarabeas fahrbarer Bibliothek stand, verspürte er zum ersten Mal den Wunsch nach mehr. Ein bislang ungekanntes Verlangen keimte in ihm auf. Er wollte lesen. Fasziniert ließ er den Blick durch den Raum schweifen. Das, was sich da an die erstaunlich hohen Wände schmiegte, waren nicht einfach nur Regale. Die nussbaumholzbraunen Möbel erweckten vielmehr den Eindruck von Gebäuden. Sie waren groß, ja riesig, wie Wolkenkratzer. Jedes Fach war wie ein großes Fenster, aus dem eine zusammengedrängte Bücherschar in die Welt blickte. Filigrane Trittbretter, die wohl nur von Fliegengewichten betreten werden konnten, lehnten an den Regalen wie die Feuerleitern an New Yorker Wohnhäusern. Keine Frage, es war eine Stadt, in der Bücher wohnten.

Der Boden war mit einem robusten flauschigen Teppich in dunkelvioletter Farbe belegt, und an der nachtschwarzen Decke funkelten tausend Sterne. Eine verborgene Lichtquelle tauchte den Raum in ein sanftes warmes Licht, gleich dem von Kerzenschein. Der unverkennbare Geruch von zu Papier verarbeitetem Holz vermischte sich mit dem bittersüßen Duft der Druckerschwärze, dem Aroma von altem Leder und dem Staub der Jahrhunderte. Zum ersten Mal in seinem Leben nahm Sven Grüneis Bücher mit mehr als nur den Augen wahr. Er roch sie und sog diesen neuen unvergleichlichen Geruch so sehr in sich auf, dass ihm das Wasser im Mund zusammenlief. Er glaubte, die Seiten wispern und rascheln zu hören, als tuschelten sie über den unbelesenen Neuling, der ihre schöne Stadt so nichts ahnend betreten hatte und nun wie ein unbeholfener Narr vor ihnen stand.

Das Skurrilste aber war die Anordnung der Bücher, die in keinster Weise einem herkömmlichen oder ihm bekannten System folgte. Weder Autor noch Titel waren hier ausschlaggebend. Stattdessen waren die Bücher nach Farben sortiert. Links vom Eingang erstreckte sich ein fröhlich gelber Bücherblock, der einige Schritte weiter in ein leuchtendes Orange überging und schließlich in einem lustvollen Rot mündete. Daran grenzten frivolviolette Bücher, gefolgt von burschikosem Blau und nimmersattem Grün. Es war, als stünde man im Inneren eines Regenbogens. Sven Grüneis empfand eine solche Glückseligkeit, dass er sich wünschte, für immer hierbleiben zu können.

Voller Ehrfurcht trat er näher an die Bücher heran und strich behutsam über die bunten Rücken. Nun bemerkte er auch, dass die verschiedenfarbigen Schutzumschläge allesamt von Hand gefertigt waren. Sie bestanden aus kostbarem schimmerndem Seidenpapier, auf dem in goldenen Lettern jeweils Titel, Autor und Erscheinungsjahr standen. Jeder Umschlag war ein Unikat und unterschied sich von den anderen in einem winzigen Detail. Sven Grüneis war überrascht, wie viele Farbnuancen es gab. Er entdeckte allein so viele verschiedene Blautöne, dass ihm sein bisheriges Leben mit einem Mal entsetzlich blass und grau vorkam. Da gab es nicht nur das bekannte Hell- und Dunkelblau. Da gab es noch so viel mehr. Nachtblau zum Beispiel oder Kornblumenblau, Preußischblau, Tintenblau und Warpkernblau.

Warpkernblau?

Plötzlich spürte er einen sanften Druck an der linken Schulter. Er drehte sich um und zuckte zusammen, als er in zwei glutrote Augen blickte, die ihn durchleuchteten wie ein Röntgengerät.

»Scotty, alle Mann hochbeamen!« Scarabeas Stimme klang wie immer fröhlich und unbeschwert, was jedoch so gar nicht zu ihren neuen Kontaktlinsen passte, die Sven Grüneis an einen Werwolf aus seinen jugendlichen Alpträumen erinnerten.

Sie lachte. »Auf welchem Planeten waren Sie denn gerade?«

»Auf Bibliotopia«, berichtete er versonnen, nachdem er den Schreck überwunden hatte. Seine Wangen waren knallrot vor Begeisterung.

Sie strahlte ihn an. »Eindrucksvolle Gegend, ich weiß. Wollen wir uns setzen?« Mit einer grazilen Bewegung drückte sie auf eines der violetten Bücher, auf dessen Rücken eine kleine verschnörkelte Dreizehn zu entziffern war, woraufhin das schmale Bord zur Seite klappte und den Blick auf ein kleines Kabuff mit einer gemütlichen Sitzecke freigab. Scarabea schlüpfte hinein und schaltete eine altmodische Messingleselampe an. Auf einem niedrigen Couchtisch aus lackierten Schiffsplanken türmten sich bereits mehrere Bücher. Sven Grüneis, der vor Neugier beinahe platzte, nahm die Einladung bereitwillig an.

Das Buch, das ganz oben auf dem Stapel lag, hatte einen kobaltblauen Umschlag und wies sich als »Die Kunst des Mordens« von Niklas Rockefeller aus dem Jahr 2008 aus. Das zweite, mit einem smaragdgrünen Umschlag versehene Buch, entpuppte sich als die 1998 erschienene vierte Auflage des Pathologieklassikers »Leichenschau am Fundort. Ein rechtsmedizinischer Leitfaden« von Krause, Schneider und Blaha. Es folgte ein dickes saphirblaues Buch mit dem Titel »Das intelligente Verbrechen« von Irene Irrwein aus dem Jahr 1978. »Die Jagd nach dem Serienmörder. Erprobte Strategien und Vorgehensweisen« von Juvel Dunes war 2010 erschienen und trug einen schaurig blutroten Umschlag.

Ganz unten lag ein schmales Büchlein, das in pflaumenfarbenes Papier gehüllt war und keinerlei Beschriftung hatte. Sven Grüneis schlug es neugierig auf. Es war das Erpressernotizbuch der ermordeten Wirtsleute.

Er legte die Bücher auf den Tisch zurück und blickte Scarabea fragend an. »Können uns diese Bücher irgendwie helfen?«

»Aber sicher. Die Menschen ziehen seit jeher einen Großteil

ihres Wissens aus Büchern. Ganz bestimmt finden wir etwas, was uns auf die Sprünge hilft.«

»Wenn Sie meinen.«

Sie sah ihn beschwörend an. »Wir müssen uns unbedingt ein Bild von dem Täter machen. Oder von den Tätern.«

»Sie wollen ein Täterprofil erstellen?«

»Ganz genau. Damit sollten wir uns auf jeden Fall auseinandersetzen. Ich nehme doch an, dass Psychologie ein Bestandteil Ihrer Ausbildung war?«

»Ja, natürlich. Aber meine Kenntnisse sind, ehrlich gesagt, eher theoretischer Natur.«

»Das macht nichts. Ich habe genügend praktische Menschenkenntnis. Das reicht für uns beide. Werfen wir die Zutaten doch in einen Topf und sehen, was dabei herauskommt.«

»Gut. Womit fangen wir an?«

»Ich würde sagen, mit unserem Bauchgefühl.«

»Ist das nicht ein wenig zu unorthodox?«

»Unorthodoxe Wege sind altbewährt. Also, was sagt Ihnen denn Ihr Bauch?«

»Ich will Sie ja nicht enttäuschen, aber über die Gabe der weiblichen Intuition verfüge ich leider nicht.«

»Trotzdem werden Sie doch ein gewisses Gespür in der Magengegend haben.«

»Zugegeben, mir ist ein bisschen flau ...«

Sie warf ihm einen strengen Blick zu.

»Warum fangen Sie nicht an?«, schlug er vor.

Scarabea verschränkte die Arme vor der Brust. »Ich denke ja gar nicht daran.«

»Sie glauben nicht, dass es die Erdmanns waren, oder?«

»Nein.«

»Aber wieso? Was macht Sie da so sicher?«

»Ich bin mir überhaupt nicht sicher. Ich denke bloß, dass alles mit dem Mord an Henrietta zusammenhängt. Damit hat alles angefangen.«

»Dann vermuten Sie also in beiden Fällen denselben Täter?«

»Davon bin ich felsenfest überzeugt.«

»Aber die beiden Tathandlungen sind so radikal verschieden. Einmal ein so unauffälliges und gut getarntes Verbrechen, das, bitte verzeihen Sie mir, niemandem aufgefallen ist. Na ja, bis Sie kamen. Und dann dieses furchtbare Gemetzel. Das passt für mich einfach nicht zusammen.«

Scarabea sprach jetzt ganz leise, doch dafür umso bestimmter. »Ja, es passt nicht zusammen, das ist richtig. Aber wissen Sie was? Ich glaube, dass genau das die Absicht des Mörders ist.«

Sven Grüneis fühlte sich, als würde sie mit dem Zeigefinger auf ein Buch mit sieben Siegeln deuten und ihn dazu auffordern, es zu öffnen. »Das verstehe ich nicht.«

»Der Täter versucht bewusst, uns in die Irre zu führen. Der Mord an den Schimmelpfennigs war keine Affekthandlung, sondern eine gezielte und geplante Tat. Wir müssen versuchen, uns in den Täter hineinzuversetzen.«

Der junge Polizist sah noch immer so aus, als könnte er den Wald vor lauter Bäumen nicht erkennen. Scarabea merkte, dass er dieses Spiel noch nie gespielt hatte und dass sie die Sache wieder in die Hand nehmen musste. Sie wirbelte ein wenig Staub auf, als sie die Bücher nahm und durchblätterte. An einer bereits markierten Stelle hielt sie inne und fragte wie eine erfahrene Chefermittlerin: »Welche Spuren haben wir bisher gefunden? Bitte notieren Sie.«

Sven Grüneis, der diese Rollenverteilung dankbar akzeptierte, zog eifrig Stift und Notizblock aus seiner Jackentasche.

»Die Ausgangstat«, diktierte Scarabea. »Der als natürlicher Tod getarnte Mord an Hetty. Spuren: die Reste des Herzmedikaments Digitoxin im Kamin, das fehlende Messerset. Hier finden wir auch das Motiv: Habgier.«

Der Stift des jungen Polizisten flog über das Papier.

»Die zweite Tat: die Ermordung der Wirtsleute. Wir wissen, dass sie mit Erpressungen ihr Säcklein gefüllt haben, daher ist anzunehmen, dass dies ihr Schicksal besiegelt hat. Es ist möglich, dass sie irgendetwas beobachtet haben und dann auf die irrsinnige Idee gekommen sind, daraus Kapital zu schlagen. Wie beinahe jeder andere in diesem Dorf wussten auch die

Schimmelpfennigs von dem Messerset, und ganz bestimmt haben sie nach einer Gelegenheit gesucht, es sich unter den Nagel zu reißen. Vielleicht haben sie das Haus in Augenschein genommen und auf einen günstigen Moment gewartet. Doch dann sehen sie, wie jemand Hettys Haus betritt und es wieder verlässt, und kurz darauf ist sie tot. Da haben sie eins und eins zusammengezählt und einen Brief verschickt.«

Sven Grüneis blickte von seinem Notizblock hoch. »Klingt plausibel, geb ich zu. Doch diesmal gerieten sie an den Falschen. Der Mörder machte kurzen Prozess mit ihnen.«

»Und jetzt kommt der springende Punkt«, fuhr Scarabea fort. »Der Mörder will den Mord an Henrietta um jeden Preis vertuschen. Sollte je ein Verdacht aufkeimen, muss sich die zweite Tat von der ersten extrem unterscheiden. Er darf keine Handschrift hinterlassen.«

»Er hätte die Schimmelpfennigs aber auch einfach erschießen oder einen Unfall inszenieren können«, warf Sven ein.

»Nein, das hätte ihm nicht gereicht. Er richtet ein Blutbad an und will, dass wir denken, er habe aus großen Emotionen heraus gemordet. Verschmähte Liebe, Eifersucht, Hass, Wut.« Sie klopfte auf das Buch mit dem saphirblauen Umschlag. »Steht alles hier drin.«

»Soll das heißen, er verstellt sich beziehungsweise manipuliert sein eigenes Täterprofil?«

»Genau. In Wirklichkeit ist er kühl und gerissen, geht schlau und organisiert vor. Natürlich ist da ein gewisser Hang zum Wahnsinn, das lässt sich gar nicht absprechen. Er neigt zum Narzissmus, vielleicht sogar zu einer gespaltenen Persönlichkeit.«

»Zugegeben, diese Beschreibung passt nicht auf die Erdmanns. Schließen wir sie denn ganz aus dem Kreis der Verdächtigen aus?«

»Nein, das auf gar keinen Fall. Sie gehören unbedingt zu den Verdächtigen, und wenn wir ihnen am Ende wenigstens die Leichenfledderei nachweisen können, haben wir der Menschheit auch einen Dienst erwiesen.«

»Nichts würde ich lieber tun.«

»In Ordnung, dann heften Sie sich an ihre Fersen.«

Er sah sie erstaunt an. »Kommen Sie nicht mit?«

»Nein, ich nehme mir in der Zwischenzeit den Apotheker vor. Ich bin ihm schon einmal kurz begegnet, und ich muss sagen, ich habe bei ihm ein ganz komisches Gefühl.«

Sven Grüneis sah auf die Uhr. Es war bereits später Nachmittag. »Oje, jetzt muss ich aber schleunigst los. Meine Tiere brauchen mich.« Er sprang auf, reichte Scarabea die Hand und sauste los.

***

Am Rande des zerfurchten Rübenackers spitzte Trudi, die schielende Kuh, gespannt die Ohren, als ein höchst seltenes Geräusch aus der verwaisten Polizeibaracke drang. Der sengende Geruch, der sich langsam wie ein schottischer Hochmoornebel ausbreitete, war in ihrem eintönigen Leben eine ganz neue Erfahrung. Neugierig und frohen Mutes trottete sie um die Hütte herum und stupste mit ihrer breiten Nase das Fenster auf. Nun musste sie nur noch den Kopf durch die grauen Häkelgardinen strecken, und schon hatte sie freie Sicht auf den großen Holztisch. Mit dieser Prozedur war Trudi gut vertraut, hatte sie doch das ein oder andere Mal an genau dieser Stelle einen köstlichen Streuselkuchen vom Schreibtisch stibitzt. Glücklicherweise war der Mann, der hier manchmal herkam und für ein paar Stunden in dem Häuschen rumlungerte, nicht wirklich auf Zack, und so waren Trudis kriminelle Machenschaften bisher niemandem aufgefallen – vor allem nicht dem Polizisten.

Zu ihrer großen Enttäuschung stand diesmal jedoch kein Kuchen auf dem Tisch. Nur ein seltsames Gerät, das wohl schon immer da gewesen war, dem sie aber nie Beachtung geschenkt hatte. Jetzt machte es sich umso mehr bemerkbar; krakeelte und spie winzige Funken, als wollte es sich mit möglichst viel Radau für die Jahre der Missachtung rächen. Genau wie Trudi schien das Gerät nicht mehr das neuste Modell zu sein. Es ruckte und wackelte, als ob es an einem epileptischen Anfall litt, und brachte den ganzen Tisch zum Beben. Dabei zischte und keuchte es gewaltig und presste stoßweise Papier aus seinem Inneren heraus.

Trudi riss die Augen auf und nahm das ausgeworfene Blatt todesmutig zwischen die Lippen. Dann entfernte sie sich damit ein Stück von der hysterischen Maschine und betastete es behutsam mit ihrer nassen klebrigen Zunge. Es schmeckte furchtbar fad. Enttäuscht ließ Trudi den Kopf hängen und trottete, mit dem Blatt im Maul, davon. Nach etwa hundert Metern spuckte sie völlig deprimiert ihre ungenießbare Beute aus.

Hinter ihr sprang der sengende Funkenschlag bereits auf die Gardine über. Er fraß erst winzige, dann immer größere Löcher in den Stoff hinein. Wenige Minuten später kletterten langfingrige Flammen die Wände entlang, leckten den Rost von der Tür und bissen in Schränke, Tisch und Stühle. Mit jedem Happen wurden sie größer und stärker, bis sie schließlich wie eine Horde wilder Teufel die ganze Hütte verschlangen. Sie tanzten und wedelten wie Derwische herum und verschwanden erst, als von der Hummelstichler Polizeidienststelle nichts mehr übrig geblieben war als ein gewaltiger qualmender Ascheberg.

Vierzehn Prozent

Das »Geschlossen«-Schild an der Tür zur Apotheke war nicht zu übersehen. Scarabea presste die Nase gegen die Schaufensterscheibe wie ein Kind beim Weihnachtseinkauf, konnte jedoch beim besten Willen keine Menschenseele erkennen. Sie dachte an das Büro, in das sie der Apotheker beim letzten Mal geführt hatte, und marschierte an der erdbeerfarbenen Hausfassade entlang, bis sie durch ein großes offenes Steintor in einen hübsch bepflanzten Hinterhof gelangte. Hier befand sich der Hintereingang der Apotheke; eine schmale weiße Tür, deren Lackierung im Sonnenlicht glänzte. Erst bei genauerer Betrachtung sah man, dass der Lack keineswegs makellos, sondern von einem Netz aus feinen Linien durchzogen war. An manchen Stellen fehlten winzige Teilchen. Scarabea drückte den hochherrschaftlichen, mit Grünspan überzogenen Türgriff, doch es bewegte sich nichts. Die Tür war verschlossen.

Das war natürlich kein Grund, um gleich die Flinte ins Korn zu werfen. In der Regel stellten verschlossene Türen für Scarabea kein großes Hindernis dar. Im Umgang mit filigranem Handwerkszeug war sie nämlich sehr geschickt und zudem äußerst erfinderisch. Und auch diese Tür würde sich vor ihr auftun wie Ali Babas Räuberhöhle.

Sie sah sich um. Nur ein paar Schritte entfernt wurde eine grün gestrichene Gartenbank von zwei großen Blumenkübeln flankiert, aus denen üppige, leuchtend orangerote Pelargonien herausquollen. Gegenüber, auf einem leicht erhöhten Sims, saß eine kleine Katze mit schneeweißem Fell und grasgrünen Augen, die sie neugierig musterten.

Nun kam die Statistik ins Spiel. Scarabea hatte einmal gelesen, dass vierzehn Prozent aller Deutschen ihren Schlüssel in unmittelbarer Nähe zur Tür deponierten. Sei es unter der Kokosnussfußmatte, unter einem Stein oder in einem Blumentopf – die Verstecke waren wenig einfallsreich und in Einbrecherkreisen bestens bekannt. Da es jedoch weit und breit keine

Fußmatte und keine losen Steine gab, entschied sie sich für die Pflanzenkübel. Sie tastete sich durch den dichten Pelargonienblütendschungel, bis ihre Fingerspitzen auf die kühle feuchte Blumenerde stießen. Wie ein Metalldetektor glitten ihre Hände über den weichen Grund. Hätte sie auch noch die Geräusche eines solchen Suchgerätes von sich gegeben, dann wären kurze, immer schneller aufeinanderfolgende Töne zu hören gewesen. Und tatsächlich zog sie nach nur wenigen Minuten einen länglichen, leicht verbogenen Schlüssel aus dem Blumentopf hervor. Sie fühlte sich dabei wie ein Magier, der vor einer Meute besoffener Kreuzfahrtpassagiere ein weißes Kaninchen aus dem Hut zauberte. Den begeisterten Applaus des imaginären Publikums im Ohr, setzte sie sich auf die Gartenbank, streckte die Nase in die Sonne und genoss den kleinen Triumph. Das schneeweiße Kätzchen, das sie die ganze Zeit beobachtet hatte, kam nun schnurstracks auf sie zumarschiert und umschmiegte schnurrend ihre Beine. Scarabea war dem schönen Tier sofort verfallen und kraulte es vorsichtig hinter den Ohren.

»Wohnst du hier?«, fragte sie, und das Kätzchen antwortete mit einem fidelen »Miau«. Als es genug Streicheleinheiten erhalten hatte, sprang es auf leisen Pfoten davon. Auch Scarabea beschloss, nicht länger zu trödeln. Sie streifte sich ihre roten Ziegenlederhandschuhe über, öffnete mit dem Schlüssel die Hintertür und betrat die Apotheke.

Ihre Schritte und Bewegungen waren beinahe ebenso lautlos wie die des schneeweißen Kätzchens. Von den Tieren konnte man eben eine Menge lernen. Alle Sinne bis aufs Äußerste geschärft, spähte sie in die verschiedenen Räume. Irgendetwas irritierte sie, etwas, das ihr beim ersten Mal noch nicht aufgefallen war. Sie blieb stehen, schloss die Augen und atmete tief ein.

Normalerweise übte das Innere einer Apotheke eine enorme Anziehung auf sie aus. Insbesondere ihre Nase konnte von dem apothekentypischen Odeur nicht genug bekommen. Sie liebte den dominanten, alles durchdringenden eukalyptusartigen Wohlgeruch eines Kampfersteins. Das würzig-aromatische

Bukett von Salbei, Thymian und Rosmarin. Den lieblich milden Duft von Kamillenblüten. Das starke eigentümliche Aroma von Baldrian. Den exotischen Hauch von Zimt und Koriander. Die Gesamtheit dieser und vieler weiterer Heilpflanzen, Kräuter und Gewürze, die normalerweise in einer Apotheke gelagert und zur Herstellung von Medizin verwendet wurden, war für Scarabea das reinste olfaktorische Schlaraffenland.

Hier jedoch gab es nichts. Die ganze Apotheke war absolut geruchsfrei. Sosehr sie auch die Luft in sich aufsog – und sie fühlte sich bereits wie ein prall gefüllter Luftballon, der gleich durch den ganzen Raum schnippen würde –, sie erschnüffelte nicht mal ein einziges Hustenbonbon. Diese Apotheke war so steril wie ein frisch durchtrennter Samenleiter. Hier wurde keine Medizin hergestellt, hier wurden bloß chemische Substanzen zwischengelagert. Bunte Pillen in Schächtelchen und Döschen, garantiert hübsch vakuumverpackt.

Hier kaufte man sicher nicht gern ein, dachte Scarabea. Dieser Laden fuhr so sicher gegen die Wand wie ein lebensmüder Formel-1-Rennfahrer, der gerade seinen Abschiedsbrief an Frau und Kinder verfasst hatte.

Im hintersten Winkel des kleinen Lagerraumes, der direkt an den Verkaufsraum anschloss, entdeckte sie einen alten Teeschrank, und ein Hoffnungsschimmer glimmte in ihr auf. Sie öffnete die Flügeltüren und steckte ihre neugierige Nase hinein. Der Schimmer erlosch wie eine Kerze im Wind. Der Schrank war leer.

Was für eine Enttäuschung! Scarabea ließ die Schultern hängen und starrte auf die geruchlosen Möbel, als das Geräusch der sich öffnenden Ladentür an ihr Ohr drang. Es folgten energische Schritte, die direkt auf sie zusteuerten.

Ihr blieb keine Zeit zum Überlegen. Blitzschnell riss sie den Teeschrank wieder auf und zwängte sich in das unterste Fach, das etwa so groß wie eine Bücherkiste war. Mit dieser Nummer hätte sie bei Henrietta im Zirkus auftreten können. Sie hatte gar nicht gewusst, dass sie zu solch akrobatischen Höchstleistungen fähig war. Vielleicht war sie ja ein Schlangenmensch?

Sie hatte kaum genug Platz zum Atmen. Es gelang ihr gerade noch rechtzeitig, die Schranktüren zuzuziehen, bevor zwei sich streitende Personen den Raum betraten.

»Bist du etwa froh darüber, dass die beiden tot sind?«, fragte eine aufgebrachte Frauenstimme.

»Na, und wie«, antwortete ein Mann, den Scarabea als den Apotheker erkannte. »Tu nicht so, als wärst du es nicht.«

»Wie bist du nur so kalt und herzlos geworden?«

»Herzlos? Hast du etwa schon vergessen, was sie mit uns gemacht haben? Sie hätten uns ausbluten lassen, bis zum letzten Tropfen. Wenigstens müssen wir nun nichts mehr zahlen.«

»Spielt das bei unseren Schulden überhaupt noch eine Rolle?«

»Es bedeutet für uns eine Sorge weniger, Frieda«, murmelte Carl Feigenbaum.

»Wo warst du eigentlich, als es passiert ist?«

»Du denkst, dass ich ...? Traust du mir das allen Ernstes zu?« Die Frau klang nun völlig verzweifelt. »Ich weiß nicht mehr, was ich dir zutrauen soll und was nicht. Ich kenn dich gar nicht mehr. Du bist mir so fremd geworden. Geh weg!«

»Ich bin nicht der Einzige, der sich verändert hat.«

Scarabeas Arme und Beine schmerzten. Sie fühlte sich nun weniger wie eine Schlange, sondern eher wie eine Schildkröte, deren Gliedmaßen auf die denkbar komplizierteste Weise miteinander verknotet und in den Panzer gestopft worden waren.

»Also?«, hörte sie die Frauenstimme fragen.

»Also was?«, fragte Carl Feigenbaum.

»Wo warst du?«

»Jedenfalls habe ich niemanden betrogen und auch niemanden umgebracht.«

»Du hast es schon wieder getan, nicht wahr? Du warst schon wieder in dieser verdammten Spielhölle.«

»Ich war so dicht dran, glaub mir. So dicht, und all unsere Sorgen hätten sich in Luft aufgelöst.«

»Wir haben diese Sorgen ja nur, weil du ständig unser Geld

verspielst. Du hast mir versprochen, dass du damit aufhörst. Mach endlich eine Therapie!«

Eine kurze, höchst unangenehme Pause entstand. »Wofür? Um zu sehen, wie du dich in die Arme eines anderen stürzt? Du machst hier doch alles kaputt! Und wenn wir schon beim Thema sind, könnte ich dich genauso fragen, wo du an diesem Morgen warst. Du hattest schließlich genauso gut einen Grund, die Wirtsleute umzubringen.«

»Das denkst du dir doch nur aus.«

»Nein, Frieda. Ich weiß, dass auch du ihnen Geld gezahlt hast. Wofür eigentlich?«

Sie antwortete nicht.

»Für deine Affäre mit Graf Dracula?«, hakte er nach.

»Ich hasse es, wenn du ihn so nennst.«

»Ich hasse es, wenn du mit ihm ins Bett steigst! Oder treibt ihr es in seinen Särgen?«

»Du bist ein ekelhafter Widerling.«

»Und du eine Hure.«

Niemand schrie oder tobte. Auch Geschirr wurde keines zerschlagen. Vielmehr breitete sich eine emotionale Kälte aus, die Scarabea bis in den Teeschrank hinein erschaudern ließ.

»So kann das nicht weitergehen«, sagte die Frau schließlich. »Ich kann nicht länger bei dir bleiben.«

»Geh doch! Geh zu deinem Liebhaber. Aber denk bloß nicht, dass du wieder zu mir zurückgekrochen kommen kannst.«

Dann sagte niemand mehr ein Wort. Stattdessen erklangen Schritte – erst die schnellen, leichtfüßigen der Frau, dann die dumpfen, langsamen des Apothekers. Die Tür fiel mit einem lauten Knall in Schloss, und ein Schlüssel verriegelte die Eingangstür der Apotheke.

Scarabea verharrte noch eine Weile und lauschte in die Stille hinein. Dann stieß sie die Schranktüren auf und kroch hinaus. Erleichtert atmete sie auf. Da sie noch immer wie ein zusammengefaltetes Klapprad auf dem Fußboden lag, eröffnete sich ihr ein völlig neuer Blickwinkel. Sie konnte nun ungehindert durch die offene Tür unter den großen Verkaufstresen sehen.

Dort lag etwas. Ein Stück Papier. Da der Versuch, aufzustehen, scheiterte, robbte sie wie ein schwerfälliger Seebär vorwärts. Es war eine mühsame Art der Fortbewegung, doch die Neugier trieb Scarabea an. Schon bevor ihre zitternden Finger das Papier berührten, erkannte sie, dass es ein Rezept war. Ein einziger Blick darauf verdoppelte ihren Herzschlag. Digitoxin – das Medikament, das sie im Kamin gefunden und das mit großer Wahrscheinlichkeit ihre beste Freundin ins Jenseits befördert hatte. Das Rezept war ausgestellt auf Karsten Hullalka, den Ortsvorsteher von Hummelstich.

Nach einiger Zeit, als die Taubheit in ihren Gliedern verschwand, war sie in der Lage aufzustehen. Nichtsdestotrotz taten ihr alle Knochen weh. In ihrem Rücken knackte es gefährlich, und ihre Arme und Beine waren merkwürdig steif. Nein, sie war definitiv kein Schlangenmensch. Das wusste sie nun sicher.

Fünfzehn rosige Schweinchen und andere Zwischenfälle

Sven Grüneis' Vorsatz, sich an die Fersen der Erdmanns zu heften, wurde gleich von mehreren unvorhergesehenen Ereignissen zunichtegemacht. Etwas hinten anzuschieben entsprach zwar gar nicht seinem akkuraten und dienstbeflissenen Wesen, doch da jede der Begebenheiten sein sofortiges Handeln erforderte, blieb ihm gar keine andere Wahl, als die inoffizielle Mordermittlung einstweilen sausen zu lassen. Gegen diese Art von höherer Gewalt war man als kleiner Dorfpolizist eben vollkommen machtlos.

Die Geschehnisse nahmen ihren Lauf, als er feststellte, dass er einen Dachschaden hatte. Beim flüchtigen Hinsehen war es nur ein schattenhafter Fleck auf der Tapete im Wohnzimmer. Sah man sich die Wand jedoch genauer an, warf einen Blick zur Decke und befühlte den Fußboden darunter, musste man wohl oder übel zugeben, dass hier etwas überhaupt nicht in Ordnung war. Die Nässe war durch das Dach gedrungen wie Nusslikör durch Löffelbiskuit. In Küche und Bad perlten winzige Wassertröpfchen von der Decke, und an mehreren Stellen waren bereits blühende Schimmellandschaften entstanden. Für einen Plattenbau mochte dieser Zustand halb so schlimm sein. Für ein hunderteinunddreißig Jahre altes Fachwerkhaus war dies jedoch ein absolutes Desaster. Sven Grüneis stand kurz vor einem spastischen Anfall. Ein kaputtes Dach und ein faulendes Haus bedeuteten eine Unmenge an Geld und Arbeitszeit. Er besaß jedoch weder das eine, noch hatte er vom anderen viel übrig.

Vom Adrenalin des einsetzenden Schockzustands getrieben, sprintete er ins Freie, schnappte sich die lange morsche Holzleiter und hastete die Sprossen hoch. Eine Arbeitssicherheitsprüfung hätte die Leiter, die ähnlich viele Lenze wie das Haus zählte, nicht überstanden. Die einzelnen Trittbretter hielten längst nicht mehr das Gewicht eines ausgewachsenen

Mannes. Nur wenn man sich in einem Affenzahn hinauf- beziehungsweise herunterhangelte, blieb sie klappernd und wie unter Protest ächzend, aber immerhin in einem Stück stehen.

Sven Grüneis blickte gen Himmel. Das große windschiefe Satteldach erstreckte sich wie eine Gebirgslandschaft vor ihm. Entschlossen kletterte er die mit Algen, Moosen und Flechten bewachsenen Ziegel empor, was sich als echte Herausforderung entpuppte, da er auf dem schlüpfrigen Grünbelag immer wieder abrutschte. Jetzt hätte er eine Bergsteigerausrüstung gut gebrauchen können. Doch in seinem jugendlichen Eifer hatte er natürlich auf jegliche Hilfsmittel verzichtet.

Von einer ganzen Schutzengelschar begleitet, gelangte er auf der Spitze des Daches an und setzte sich rittlings auf den First. Der Blick über das Land war atemberaubend, doch das interessierte Sven Grüneis nicht. Stattdessen suchten seine Augen fieberhaft das Dach nach einem Loch oder einem fehlenden Ziegel ab. Fehlanzeige. Auf den überwucherten dunkelgrünen Schrägen konnte er nichts dergleichen erkennen. Seufzend gestand er sich ein, dass er die Hilfe eines Fachmannes benötigte. Ein Dachdecker musste her. Doch wovon sollte er den bitte bezahlen? Schon für den Kauf des Hauses hatte er einen Kredit aufgenommen, und seine Einnahmen reichten gerade so aus, um die monatlichen Raten abzustottern. Einen zweiten Kredit konnte er sich abschminken.

Als er dachte, es könnte gar nicht mehr schlimmer kommen, drehte ihm das Schicksal eine Nase und streckte ihm erneut die Zunge heraus. Vom Dachgiebel aus musste er mit ansehen, wie seine Asbach-Uralt-Leiter um das Haus herumwanderte und zwischen den blühenden Obstbäumen verschwand. Wahrscheinlich hatte sie aus Wut darüber, dass sie auf ihre alten Tage noch immer ihren Dienst verrichten musste, Füße bekommen und machte sich nun auf und davon, um den wohlverdienten Ruhestand zu genießen. Sven konnte es dem armen Ding wirklich nicht verdenken. Dann hörte er Kinderlachen und wusste augenblicklich, dass ihm die beiden Nachbarsjungen Paulchen und Max einen Streich gespielt hatten. Die Bengel hatten einfach seine Leiter stibitzt und ihn auf seinem eigenen Dach festgesetzt. Da er nun außerhalb ihrer Reichweite war, konnten sie in aller Ruhe weiter ihren Schabernack treiben. Sven Grüneis liebte Kinder, doch diese beiden halbstarken Terroristen brachten selbst ihn regelmäßig an den Rand der Verzweiflung.

Alle verbalen Versuche, die kleinen Banditen zu einem Einsehen zu überreden, scheiterten kläglich. Auch alles Fluchen, Schimpfen und Meckern nutzte nichts. Außer den Lausbuben war weit und breit kein Mensch zu sehen. Es war niemand da, der ihm aus der Patsche helfen konnte, und da sein Handy auf dem Küchentisch lag, schied auch diese Option aus. Vermutlich würde er bis zum Sankt-Nimmerleins-Tag hier sitzen. Er musste den Abstieg wagen, auch auf die Gefahr hin, dass er sich dabei alle Knochen brach. Seine Sehnsucht nach einer Bergsteigerausrüstung wuchs ins Unermessliche. Ein einfaches Seil, das er um den Schornstein binden und an dem er sich hinunterlassen konnte, war sein innigster Wunsch. Mit dem letzten Funken Hoffnung schickte er ein Stoßgebet in den Himmel und versprach sich selbst hoch und heilig, sollte er dies überleben, würde er nie wieder so töricht sein und blindlings in eine gefährliche Situation hineinstolpern. Wäre Scarabea hier, würde sie ihm – völlig zu Recht – die Hölle heißmachen.

Sich mit Händen und Füßen abstützend, schlitterte er die steile Dachschräge hinab und steuerte schnurstracks auf die Regenrinne zu. Sein Plan war, am Regenrohr herunterzuklettern. Das hatte er schon mal in einem Slapstick-Film gesehen. Doch leider war er weder ein Stummfilmkomödiant noch ein Kapuzineräffchen. Schon auf der Hälfte der Strecke versagten seine Bremsen. Der dichte Moosbewuchs war so rutschig wie Schmierfett. Vergeblich ruderte er mit den Armen und krallte seine Finger in den schleimigen Morast. Nach Sekunden, die ihm endlos lang erschienen, verlor er auch den letzten Halt und stürzte in die Tiefe.

Zu seiner Überraschung fiel er recht weich. Federn flogen auf, und das aufgebrachte Gegacker seiner Hühner drang an sein Ohr. Er spuckte altes Stroh aus, und der Geruch von Kuhfladen und Pferdeäpfeln stieg ihm in die Nase. Wieder einmal war das Glück auf seiner Seite. Er war direkt auf dem Misthaufen gelandet.

Fassungslos, was für einen Dusel er gehabt hatte, rappelte er sich auf und klopfte sich den Dreck von den Klamotten. Seine gummiweichen Knie schlackerten wie die Ohren eines Rauhaardackels im Wind. Seine Beine hatten sich anscheinend gegen ihn verschworen, denn obwohl er ihnen den Befehl gab, schnellstmöglich zum Obstgarten zu laufen, eierten sie bloß gemächlich vor sich hin und verhielten sich wie zwei dürre Tratschtanten auf dem Weg zum Wochenmarkt. Was für ein schreiend komisches Bild er doch abgab. Ein bisschen musste er sogar selbst über sich lachen, wie er so über Wiesen und Wege wackelte. Hätte er noch Stock und Hut gehabt, wäre er glatt als Charlie Chaplins Urenkel durchgegangen.

Stück für Stück besserte sich sein Zustand jedoch, und als er den kleinen Hain mit den prächtigen Apfel-, Birnen- und Zwetschgenbäumen erreichte, lief er fast schon wieder normal. Von den beiden Lausbuben fehlte jede Spur. Sein dramatischer Abstieg war von den zweien bestimmt nicht unbemerkt geblieben, und so waren sie längst über alle Berge. Er nahm sich fest vor, sie sich ein anderes Mal vorzuknöpfen, schulterte die alte Leiter, die vergessen auf der Wiese lag, und trug sie zur großen Scheune hinüber, wobei sie wie ein Skelett unablässig mit den Knochen klapperte. Während er lief, grübelte er über die missliche Lage, in der er sich befand, und dachte angestrengt über eine Lösung für sein marodes Dach nach.

Bevor er sein Gehirn vollends zermarterte, riss ihn ein grauenvolles Geräusch aus seinen Gedanken. Eines seiner Schweine quiekte so laut, als würde es zum Schlachter getrieben. Er wusste auf Anhieb, dass es eine der trächtigen Sauen war. Bestimmt Fiona, denn ihr Ferkeltermin war als Nächster dran. Da er schon oft bei der Geburt von Schweinen dabei gewesen war, wusste er auch, dass hier etwas nicht so war, wie es sein sollte. Er eilte in den Stall, machte einen Satz über Eber Pit, der sich ihm in den Weg stellte, und einen weiteren über das Holzgatter, das die trächtigen Tiere von den anderen trennte. Es war tatsächlich Fiona, die da quiekend im Stroh und in den Wehen lag. Das arme Tier krümmte und wand sich vor Schmerz. Er befühlte vorsichtig den kugelrunden Bauch und wischte sich den Schweiß von der Stirn. Ein normaler Geburtsvorgang sah anders aus. Da plumpsten die kleinen Schweinchen wie auf dem Fließband aus der Sau heraus. Hier aber tat sich nichts. Sosehr sich Fiona auch anstrengte, von den Ferkeln wollte einfach keines zum Vorschein kommen.

Sven Grüneis rannte zurück zum Haus, presste sich den altmodischen Telefonhörer ans Ohr und wählte die Nummer von Horst Hempel. Er war der Tierarzt, der sich in dieser Region bei Bauer und Vieh einen Namen gemacht hatte. Seine Praxis befand sich in einem Nachbardorf nur fünf Kilometer entfernt. Sofern er nicht bereits im Einsatz war, würde er in null Komma nichts hier sein.

Im Hörer tutete das Freizeichen, und Sven Grüneis biss sich ungeduldig auf die Lippen. Dann endlich ertönte das kurze Klicken, das ihm verriet, dass jemand das Gespräch entgegennahm. Doch statt der ihm vertrauten hempelschen Baritonstimme meldete sich eine Frau.

»Sara Elflein?«

Sie klang erstaunlich jung und, wie Sven Grüneis irritiert bemerkte: sexy. Süß wie Honig, samtig weich und sinnlich. Sven hatte urplötzlich ein ganzes Flöten- und Harfenorchester im Kopf, das eine kitschig-schöne Schnulzenfilmmelodie zum Besten gab.

»Hallo? Jemand da?«, fragte sie am anderen Ende der Leitung.

Er riss sich am Riemen. »Hier ist Sven Grüneis aus Hummelstich. Kann ich bitte Dr. Hempel sprechen?«

»Dr. Hempel ist im Urlaub. Ich bin seine Vertretung.«

»Dann sind Sie auch Tierarzt?«

»Jawohl, staatlich geprüft und mit allen Wassern gewaschen.«

»Gut. Sie müssen sofort kommen! Fiona ferkelt, aber irgendwas stimmt nicht.«

»Geben Sie mir eine Viertelstunde.«

Die Zeit, in der Sven Grüneis auf Horst Hempels Vertretung wartete, verging wie im Flug. Er versuchte, nicht an Sara Elflein zu denken, doch das gelang ihm nicht. Immer wieder überlegte er, wie sie wohl aussehen würde. Jung, schön und schlank. Lange blonde Haare. Vor seinem inneren Auge sah er sie bereits als holde Fee durch den Schweinestall schweben.

Keine zehn Minuten waren vergangen, da donnerte ein weißer Peugeot die Auffahrt hoch. Der Wagen hielt stotternd an und spuckte gelangweilt seine Fahrerin aus.

Sven Grüneis wusste nicht so recht, ob er enttäuscht oder überrascht sein sollte. So, wie sie nun vor ihm stand – jung, schön und vollschlank, mit dunkelbraunem Bob –, entsprach sie nicht ganz dem Bild, das der Klang ihrer wunderbaren Stimme bei ihm hervorgerufen hatte. Durch den Schweinestall schweben fiel auf jeden Fall flach. Trotzdem, und das überraschte ihn am meisten, gefiel sie ihm wirklich ausgesprochen gut.

Mit einem zuckersüßen Lächeln auf dem Gesicht, einem alten Arztkoffer aus abgenutztem braunen Rindsleder in der Hand und einem offenbar sprachlosen Bauern an den Fersen, marschierte Sara Elflein energisch in Richtung Stall. Da sie nur den Schmerzenslauten der armen Sau zu folgen brauchte, gelangte sie mühelos zu dem gepeinigten Tier.

Sven Grüneis fand zum Glück seine Sprache wieder und fragte, wie er sich nützlich machen konnte. Sie reichte ihm eine kleine Messingschale, die randvoll mit getrockneten Kräutern gefüllt war, und bat ihn, die Kräuter zu entzünden. Obwohl ihm die Skepsis deutlich anzusehen war, tat er wie geheißen. Der Rauch schien Fiona tatsächlich zu beruhigen. Derweil drückte Sara Elflein auf dem Bauch des Tieres herum.

»Eines der Ferkel hat sich verkeilt«, diagnostizierte sie. »Wir müssen versuchen, es in den Geburtsgang zu schieben.«

Damit knetete sie immer weiter den Schweinebauch, drückte und stemmte sich mit aller Kraft dagegen. Sven Grüneis fächelte der Sau immer größere Schwaden des beruhigenden Kräuterrauches zu und nahm gleich selbst ein paar Züge. Im gleichen Takt presste die Tierärztin ihre Hände auf Fiona. Es sah aus wie eine Herzdruckmassage. Noch einmal schrie Fiona und bäumte sich auf, als mit einem leisen »Plopp« das erste winzige Ferkel aus der Vagina plumpste. Dann folgten Schlag auf Schlag die anderen. Es war, als hätte man einen Staudamm aufgebrochen. Zum Schluss lagen fünfzehn rosige Schweinchen in der Ferkelbucht. Sven Grüneis rieb jedes einzelne mit sauberem Stroh ab, um die Reste der Plazenta zu entfernen. Die kleinen Ferkel grunzten und quiekten voll Neugier und Wohlbehagen. Dann legten sie sie an Fionas Zitzen.

Sven Grüneis und Sara Elflein saßen erschöpft im Stroh und betrachteten die glückliche Idylle. Zarte Sonnenstrahlen drängten sich in den warmen und gemütlichen Ferkelstall und überzogen die Haut der Neugeborenen mit einem goldenen Glanz. Eine friedliche Ruhe breitete sich aus, in der nur der gleichmäßige Atem der zwei Menschen und das zufriedene Nuckeln von fünfzehn rosa Schweinchen zu hören waren.

Das sechzehnte Infanterie-Regiment

Scarabea verließ die Apotheke auf dem gleichen Weg, wie sie gekommen war. Nach dem, was sie gerade gehört hatte, konnten sie den Apotheker getrost von der Liste der Verdächtigen streichen. Mochte er noch so ein schwacher Mensch sein, der Hab und Gut verspielte und seine Frau damit in die Arme eines anderen trieb: Für die Morde war er jedenfalls nicht verantwortlich. Dass er zur Tatzeit seiner Spielsucht gefrönt hatte, klang überzeugend. Auch die Frau des Apothekers, Frieda, schied, da sie ihr Tête-à-Tête mit dem Bestatter Ferdinand Ruhe sogar dem Gatten gegenüber eingeräumt hatte, als Mörderin aus. Somit blieb einzig die Spur des Digitoxins übrig.

Scarabea beschloss, dem Ortsvorsteher Karsten Hullalka einen Besuch abzustatten. Bisher hatte sie mit ihm nichts am Hut gehabt, und bei ihrer einzigen Begegnung im Gemeindehaus war er, im Vergleich zu den übrigen Dorfbewohnern, freundlich und besonnen aufgetreten. Einen bleibenden Eindruck hatte er jedoch nicht hinterlassen. Ein bisschen zu farblos und unscheinbar, wie die meisten Menschen, dachte Scarabea.

Da sie nicht wusste, wo sie den Ortsvorsteher an diesem Donnerstagnachmittag antreffen konnte, legte sie einen Zwischenstopp in Borwin Wandelohes Friseursalon ein. Der Barbier begrüßte sie überschwänglich und hüpfte vor Freude wie ein Aufziehmännchen durch den Raum.

»Was für eine Farbpracht!«, rief er begeistert bei ihrem Anblick. »Du bringst ja den ganzen Wonnemonat in meinen Laden.«

Er klatschte fröhlich in die Hände und bewunderte Scarabeas Kleidung, die tatsächlich an die Farben eines blühenden Gartens im Frühling erinnerte: die Marlenehose in leuchtendem Maigrün, und das sonnengelbe asymmetrische

Top, auf dem das Porträt der amerikanischen Flugpionierin Amelia Mary Earhart aufgedruckt war, ergänzt von einem aquamarinfarbenen Wollschal und orangeroten Mokassins, die perfekt zu dem Farbton ihrer Haare passten. Borwin Wandelohe grinste wie ein Honigkuchenpferd. Scarabeas strahlender und inspirierender Aura konnte man sich einfach nicht entziehen. Sie war eine Bereicherung für das Dorf, mochten die anderen doch denken, was sie wollten. Borwin Wandelohes Leben war definitiv bunter geworden, seitdem Scarabea da war, und er wünschte sich wirklich, dass sie für immer hierbleiben würde.

***

Laut Borwins Beschreibung wohnte Karsten Hullalka in einem Glaspalast am anderen Ende des Dorfes. Was genau er damit meinte, begriff Scarabea erst, als sie direkt vor dem neumodischen Kasten stand, der so gläsern war, dass man den Bewohnern garantiert auch bei der Verrichtung ihrer Geschäfte zusehen konnte. Es war das einzige Gebäude im Ort, das definitiv nicht niedlich war, und irgendwie passte es ganz und gar nicht hierher.

Scarabea klingelte Sturm, und nach wenigen Augenblicken kam eine abgehetzt wirkende Frau jenseits der fünfzig zur Tür. Sie trug einen knallengen pastellrosafarbenen Hausanzug, der ihren knochigen Körper besonders unvorteilhaft zur Geltung brachte; ein gleichfarbiges Satinstirnband, das ihre blonde Turmfrisur betonte, und Pantoffeln aus pinkfarbenem flauschigem Polyester. Mit der rechten Hand zerrte sie einen zotteligen Hund hinter sich her, der wild kläffte.

»Hausieren verboten!«, brüllte sie durch die Glastür und klang wie ein Feldwebel, der ein Standgericht vollzog.

»Ich möchte bitte mit Herrn Hullalka sprechen«, rief Scarabea.

»Dann holen Sie sich verdammt noch mal einen Termin!«

Damit machte der rosafarbene Hausdrachen kehrt und

wollte wieder davoneilen, doch Scarabea hämmerte energisch gegen das kugelsichere Glas und rief: »Machen Sie bitte die Tür auf! Oder haben Sie etwas zu verbergen?«

Widerwillig öffnete die Frau die Tür. Sie musterte Scarabea skeptisch, ließ sie dann jedoch eintreten. Der Hund, der seine Chance witterte, riss sich von der Leine, beschnüffelte den ungebetenen Gast neugierig und flitzte dann, ohne auch nur ein weiteres Mal zurückzusehen, aus dem Haus und mitten hinein in das grüne Feld, das sich vor der Haustür Hullalkas erstreckte.

»Blöder Köter«, keifte der Feldwebel und wieselte durch den Flur davon.

Scarabea folgte ihr in das Innere des Glaskastens, in dem es gleißend hell und brütend heiß war. Die puristische Möblierung stach Scarabea ins Auge. Auf Auslegeware am Boden, Bilder an den Wänden und sonstigen Firlefanz hatten die Hausbesitzer gänzlich verzichtet. Die großflächigen hohen, lichtdurchfluteten Räume waren ungemütlich und kahl und verbreiteten die gleiche Atmosphäre wie ein Wartezimmer beim Zahnarzt. Dazu diese schrecklich impertinente Person in Pink. Kein Wunder, dass die arme zottelige Kreatur Reißaus genommen hatte.

Vor einer weiß gefliesten Kellertreppe machten sie halt, die Frau beugte sich nach unten und streckte Scarabea ihr knochiges Hinterteil entgegen. »Karsten«, schrie sie. »Die Verrückte ist hier und will was von dir. Also kümmere dich gefälligst drum. Ich bin schließlich nicht deine verdammte Sekretärin!«

Trotz der netten Aufforderung erschien Karsten Hullalka nicht am unteren Ende der Treppe. Scarabea, die froh war, dass sie dem Feldwebel den Rücken zudrehen konnte, drückte sich an der Frau vorbei und hüpfte wie ein listiger Kobold die Stufen hinunter. Der Frau schien das überraschenderweise egal zu sein. Unten angekommen, öffnete Scarabea eine schmale Tür und trat in Karsten Hullalkas unterirdische Kommandozentrale.

Der Ortsvorsteher trug eine bayrische Armeeuniform, die so makellos war, als wäre sie eben erst geschneidert worden. An seiner Brust baumelte ein Dutzend alter Abzeichen und Orden. Die ganze Tracht wirkte furchtbar deplatziert. Mit verschränkten Armen befehligte er gerade ein Bataillon winziger Infanteriesoldaten, die sich durch eine hügelige Landschaft aus erdfarbenem Pappmaschee quälten. Er war ein kleiner, untersetzter Mann mit fliehender Stirn und abstehenden Ohren.

Scarabea begriff, dass er sie noch gar nicht bemerkt hatte. Sie räusperte sich. »Verzeihen Sie, dass ich Sie störe. Aber ich habe ein Anliegen, welches ich Ihnen gern vortragen möchte.«

Er sah nur kurz auf. »Das sechzehnte Infanterie-Regiment«, schwärmte er, und in seinen Augen glänzte es wie in denen eines fünfjährigen Lausbuben beim heimlichen Anblick eines erfolgreichen Schabernacks. »Bei der Schlacht von Lothringen setzte es bei Oberstinzel über die Saar, überraschte die vorderen Linien des Feindes und konnte bis Heming vorstoßen.«

»Aha.«

»Mein Großvater gehörte dieser Division an, wissen Sie?«

»Es dauert nicht lange. Haben Sie bitte einen kurzen Moment für mich?«

Er seufzte schwer, nickte dann und deutete auf eine kleine Sitzgruppe auf der anderen Seite des Raumes.

»Ich bin so etwas wie eine Botschafterin der Bücher«, begann Scarabea, als sie sicher war, dass sie die volle Aufmerksamkeit des Ortsvorstehers hatte. »Ich besitze eine fahrbare Bibliothek, mit der ich die Literatur wieder zu den Menschen bringen möchte. Dabei bin ich natürlich auf die Unterstützung der einzelnen Ortschaften und Gemeinden angewiesen.«

Er sah sie verwirrt an und verdrehte dann die Augen. Offensichtlich hielt er sie für völlig plemplem. »Gute Frau, dafür haben wir nun wirklich kein Geld übrig.«

»Oh, da missverstehen Sie mich. Ich bin nicht hier, um Sie um Geld zu bitten. Was ich brauche, ist virales Marketing.«

Der Fachbegriff verfehlte seine Wirkung nicht. Karsten

Hullalkas genervter Gesichtsausdruck verschwand augenblicklich. Stattdessen zeigte er plötzlich vorsichtiges Interesse. »Verstehe. Sie meinen Picture Sharing, Seeding, Social Media Networking und so weiter.«

Scarabea lächelte zustimmend.

Hullalka räusperte sich. »Nun, die Sache ist die: Ich würde Ihnen ja gern helfen, doch ehrlich gesagt, glaube ich, dass Sie da auf ziemlich verlorenem Posten stehen. In unserer hochtechnologisierten Welt sind Bücher einfach nicht mehr modern. Tut mir leid.«

Scarabeas Augen fixierten einen klobigen Briefbeschwerer aus Granit. Mord im Affekt schien plötzlich eine sehr reizvolle Idee zu sein. »Es tut Ihnen leid?«

»Ja.« Er nickte, ein kläglicher Versuch, von seiner unübersehbaren Unsicherheit abzulenken, und unternahm einen weiteren Anlauf: »Seien wir doch mal ehrlich: Das Buch ist ein aussterbendes Medium. Da können wir gar nichts machen, ob wir wollen oder nicht, die digitale Zukunft ist nicht mehr aufzuhalten. Wer kauft denn noch Bücher? Heutzutage hat doch jeder seine eigene digitale Bibliothek in seiner Westentasche.«

Sie warf ihm einen verächtlichen Blick zu. »Sie ganz offensichtlich.«

»Nun ja, so ein E-Book hat nun mal Vorteile, die ein herkömmliches Buch nicht bieten kann. Es ist platzsparend und praktisch. Mit diesem handlichen Format kann ich meine gesamte Büchersammlung immer und überall mit hinnehmen. Und dafür brauche ich keinen Bus. Das ist doch ein riesiger Fortschritt.«

»Unglaublich.«

»Ja, nicht wahr?«

»Einfach unglaublich, was für einen Schwachsinn Sie da reden.«

»Wie bitte?«

»Technischer Fortschritt hin oder her: Es gibt keinen Ersatz für ein echtes Buch.«

Er wollte gerade wieder ansetzen, doch Scarabea ließ ihn nicht mehr zu Wort kommen. »E-Books reduzieren Bücher auf den reinen Text«, sagte sie. »Doch Bücher sind so viel mehr. Sie besitzen so viele andere Eigenschaften, die sie wertvoll machen.«

Sie zog einen in weinrotes Leder gebundenen Band aus ihrer Tasche – eine frühe Ausgabe von »Die Abenteuer von Huckleberry Finn« – und legte ihn in Karsten Hullalkas Hände.

»Das Gefühl, das ein Buch erzeugt, wenn man es aufschlägt, wenn die Fingerspitzen erst den Umschlag und dann das Papier berühren und sich durch die Seiten blättern ...«

Sie ließ ihm Zeit, bis seine Hände anfingen, über den Einband zu wandern. Vorsichtig öffnete er das Buch.

»Oder das Gefühl, das sie erzeugen, wenn man die Nase hineinsteckt.«

Er sah sie irritiert an. Wo würde diese Unterredung denn noch hinführen?

»Nur zu, trauen Sie sich«, sagte sie und lächelte.

Nur zögerlich, als könnte das Buch plötzlich zuschnappen, steckte er seinen Zinken zwischen die Seiten.

»Riechen Sie es?«, fragte Scarabea gedankenverloren. »Diese Mischung aus kompostiertem Holz, Druckerschwärze und Vanillekuchen?«

Karsten Hullalka verharrte in dieser Position. Seine Atmung ging immer schneller.

»Es gibt so vieles, was ein E-Book niemals bieten kann. Das Im-Buch-Versinken, der magische Sog, der erst entsteht, wenn man mehr macht, als nur die Buchstaben mit den Augen zu erfassen. Riechen und Fühlen gehören zum Lesen dazu. Das E-Book raubt den Büchern die Individualität und dem Leser das eigentliche Abenteuer, die große Expedition, die nur die Einzigartigkeit eines jeden Buches erlaubt. Sie können ›Die Reise um die Welt‹ von Adam Johann von Krusenstern auf diesem Gerät lesen, und doch werden Sie niemals dabei den Wind in den Haaren oder die schwankenden Planken unter Ihren Füßen spüren. Sie können ›Alice im Wunderland‹ verschlingen und werden doch niemals durch den Tunnel im Kaninchenbau fallen, der Sie in ein bizarres Land bringen wird, das jenseits Ihrer Vorstellungskraft liegt. Denn jedes Buch hat seinen eigenen Charakter. Ein Buch ist nicht nur Träger einer Geschichte, es hat selbst eine.«

Der Ortsvorsteher ließ das aufgeschlagene Buch auf seine Knie sinken. Seine Augen waren geschlossen.

»Wir verlieren zu viel«, brüskierte sich Scarabea weiter. »Wir verkümmern. Unsere Emotionen, unsere Sehnsüchte, unsere Phantasie und unsere Träume – all das wird immer mehr gestutzt. Dagegen begehre ich auf.«

Wie auf ein Stichwort öffnete Karsten Hullalka die Augen. Eine einzelne Träne rann seine Wange hinab und fiel auf Huckleberrys Freund Tom Sawyer.

»Woher haben Sie das?« Seine Stimme klang belegt, als er, ohne eine Antwort abzuwarten, weitersprach: »Als Junge hatte ich so ein Buch, vielleicht sogar genau dieses.«

Das bezweifelte Scarabea zwar, doch sie blieb mucksmäuschenstill und hörte dem Ortsvorsteher aufmerksam zu.

»Es war im Ferienlager 1972. Ich erinnere mich kaum noch an etwas, aber ich weiß, dass ich genau dieses Buch gelesen habe. Nachts, mit meiner kleinen Dynamo-Taschenlampe unter der Bettdecke. Jetzt fällt es mir alles wieder ein. Ich hatte einen Freund, Frank, der hat es mir geliehen. Aber wie ist das nur möglich? Es sieht haargenau so aus.«

»Wissen Sie was? Ich schenke es Ihnen. Dann kann es Sie immer an Ihre Kindheit erinnern.«

Karsten Hullalka wischte sich die Tränenspur aus dem Gesicht und lächelte. »Danke. Ich werde sehen, was ich machen kann, um die Bewohner von Hummelstich für Ihren Bus zu begeistern. Eigentlich bräuchten Sie sich ja bloß auf den Dorfanger zu stellen und Ihre flammende Rede von eben wiederholen.«

»Wenn da mal nicht schon ein Scheiterhaufen für mich bereitsteht.«

»Ach, so schlimm sind wir ja gar nicht.«

Scarabea sah auf die Armbanduhr. So langsam sollte sie zum eigentlichen Grund ihres Besuches kommen. Sie musste möglichst geschickt klären, ob Hullalka ein Alibi für die Tatzeit hatte, und dann war da ja noch die Sache mit dem Digitoxin.

»Ich wollte Sie übrigens neulich schon einmal ansprechen«, begann sie mit ihrer List. »Gestern früh so gegen halb acht, da habe ich Sie vor dem Friseursalon gesehen. Doch dann war ich so in ein Gespräch verwickelt, dass ich vergessen habe, Sie anzusprechen.«

»Gestern früh? Nein, das kann nicht sein. Da müssen Sie sich irren.«

»Ich bin mir aber ganz sicher. Ich habe Sie so deutlich gesehen, wie Sie jetzt vor mir stehen. Oder besser: sitzen.«

»Dann verwechseln Sie vermutlich den Tag. Am Mittwochmorgen kann ich nämlich gar nicht in der Nähe von Wandelohes Salon gewesen sein. Da war ich hundert Kilometer entfernt bei einem Treffen des regionalen Tourismusverbandes.«

Aha, dachte Scarabea. Er hat also ein Alibi.

»Na, dann muss ich mich wohl getäuscht haben.«

Der Ortsvorsteher kratzte sich am Hinterkopf und fing an, in den Taschen seiner Uniformjacke zu kramen. »Gibt es eigentlich neue Erkenntnisse zum Tod Ihrer Freundin?«

Scarabea witterte ihre Chance. »Man hat die Reste eines Herzmedikaments gefunden. Digitoxin, hieß es glaub ich.«

»Ach.« Er kramte noch immer, sah aber ein wenig verunsichert aus.

»Wissen Sie vielleicht, wie meine Freundin in den Besitz dieses Medikaments gekommen sein könnte? Verschrieben wurde es ihr jedenfalls nicht.«

»Nun, keine Ahnung. Ich meine, heutzutage hat doch fast jeder ein Problem mit der Pumpe. Bluthochdruck ist eine Volkskrankheit. Da könnte es von überall her stammen.«

Endlich schien er das Gesuchte gefunden zu haben, ein flaches silbernes Zigarettenetui und ein altmodisches Klickfeuerzeug. Hastig fädelte er eine Zigarette aus dem Etui, zündete sie an und atmete gierig das Nikotin ein.

»Ich habe das Gefühl, Sie verheimlichen mir etwas«, konfrontierte ihn Scarabea geradeheraus und wedelte die stinkenden Rauchschwaden beiseite.

Er sah sie empört an. »Nein!«

»Doch. Sie wissen mehr, als Sie sagen. Leiden Sie etwa auch an dieser Volkskrankheit?«

»Daraus können Sie mir keinen Strick drehen.«

»Will ich auch gar nicht. Ich will nur wissen, was Sie wissen.«

»Mit dem Tod Ihrer Freundin habe ich nichts zu tun.« Er ließ die Zigarettenasche in einen kleinen Becher fallen, der in die Armlehne des Sessels eingelassen war.

»Das glaube ich Ihnen. Aber helfen können Sie mir trotzdem.«

Er nahm einen weiteren kräftigen Zug von seinem Glimmstängel. »Also, ja, ich bin auch ein Opfer dieser tückischen Volkskrankheit. Astronomisch hohe Blutdruckwerte, und das schon seit über fünfzehn Jahren. Mein Arzt sagt immer, so etwas hat er noch nicht gesehen. Auch meine Cholesterinwerte. Grottenschlecht, sag ich Ihnen.«

Scarabea, die noch immer krampfhaft versuchte, den stinkenden Rauchwolken auszuweichen, sah sich nach einem Fenster um, konnte jedoch keines entdecken. Sie seufzte schwer. »Konzentrieren wir uns vorläufig nur auf den Blutdruck. Sie nehmen also regelmäßig Digitoxin?«

»Natürlich. Ohne das Medikament würde ich wie ein Silvesterknaller durch die Decke rauschen.«

Scarabea rutschte in ihrem Sessel nach vorn, sodass ihre Knie fast an die des Ortsvorstehers stießen. »Herr Hullalka, das ist jetzt sehr wichtig. Fehlt etwas von diesem Medikament?«

Er nickte nachdenklich und kaute dabei an seinen Fingernägeln. »Merkwürdig, dass Sie das fragen. Vor Kurzem habe ich mich dumm und dämlich danach gesucht. Die ganze Schachtel war wie vom Erdboden verschwunden. Ich hab ja gedacht, dass ich sie vielleicht nur verlegt habe.«

»Ist die Schachtel wieder aufgetaucht?«

»Nein, die muss durch ein schwarzes Loch gefallen sein.

Jedenfalls musste ich mir ein neues Rezept ausstellen lassen. Ganz schön ärgerlich, kann ich Ihnen sagen.« Er aschte erneut ab und nahm einen weiteren Zug von dem Sargnagel.

»Kann es vielleicht sein, dass das Medikament gestohlen wurde?«

»Blödsinn. Wer klaut denn bitte einen Betablocker?«

Dreiste, skrupellose Mörder tun so etwas, dachte Scarabea.

Siebzehn auf einen Streich

Sven Grüneis wusste nicht, ob er lachen oder weinen sollte. Glück und Unglück lagen dicht beieinander, hieß es. Wie wahr, dachte er und schaute verdrossen zur Straße hinüber. Von seinem Traktor aus konnte er weit über die Felder und Wiesen sehen, durch die sich der asphaltierte Weg wie eine Blindschleiche schlängelte. Er konnte jetzt unmöglich fahren, so aufgewühlt, wie er war.

Einerseits wollte er fast zerspringen vor Freude. Wenn er an Sara Elflein dachte, dann tanzten seine Hormone Boogie-Woogie. Auch der glückliche Ausgang von Fionas Niederkunft stimmte ihn fröhlich. Fünfzehn gesunde und zuckersüße Ferkel waren kein alltägliches Geschenk. Andererseits war da ja noch sein Dachschaden, und das war wirklich ein Problem, für das er keine Lösung wusste. Fakt war jedoch: ohne Geld kein neues Dach. Ohne Dach kein Haus. Ohne Bauernhaus kein Bauernhof. Keine süßen Ferkel. Und Sara Elflein konnte er dann auch abschreiben. Was wollte eine erfolgreiche Tierärztin schon von einem Bauern, der seinen Hof nicht halten konnte?

Wenn er nur Scarabea um Rat fragen könnte. Doch bevor er sein kriminalistisches Soll nicht erfüllt hatte, wollte er ihr nicht unter die Augen treten. Er hatte ihr versprochen, die Erdmanns zu beschatten und herauszufinden, ob sich der Verdacht gegen sie erhärtete. Schließlich war er es, der die Erdmanns für dringend tatverdächtig hielt. Ja, er war sich absolut sicher, dass sie für die Morde verantwortlich waren. Entschlossen, dies auch zu beweisen, sprang er vom Sitz seines Traktors, holte seinen treuen Drahtesel aus dem Schuppen und strampelte los.

Der Fahrtwind war angenehm kühl und pustete ihm den Kopf frei. Während er in zügigem Tempo über die verlassene Landstraße fuhr, dachte er nach, wie er nun eigentlich vorgehen wollte. Einfach nur hinsetzen und abwarten, was passierte, kam jedenfalls nicht in Frage, schon aus zeitlichen Gründen.

Lehrbuchmeinung hin oder her, es war höchste Eisenbahn, der Theorie den Rücken zuzukehren und endlich auf seinen Instinkt zu hören. In dieser Situation war nur eines sinnvoll, nämlich die direkte Konfrontation.

Derart berauscht von seinem eigenen Übermut, hielt er vor dem Haus der Erdmanns an. Das Geschäft war geschlossen, was recht ungewöhnlich für einen Donnerstagnachmittag war. Deshalb wandte er sich gleich der Haustür zu. Obwohl sie etwa eine Handbreit offen stand, drückte er erst mal auf die Klingel. Dann, als keine Reaktion erfolgte, probierte er es mit Klopfen, doch auch hierauf regte sich nichts. Also schob er die Tür auf und trat ein.

»Hallo?«, rief er in den leeren Flur hinein, an dessen Ende eine steile Treppe in das erste Stockwerk führte. Ein ungutes Gefühl kroch ihm von seinen Hasenfüßen die Beine hoch. Erlebte er gerade ein Déjà-vu? Hatte er das nicht schon im Wirtshaus »Zum Goldenen Lamm« durchgemacht? Oh bitte, nicht schon wieder eine Leiche, flehte er innerlich.

Mit butterweichen Knien erklomm er Stufe um Stufe, bis er mitten in der erdmannschen Wohnung stand.

Es gab keine Leichen, das registrierte er als Erstes. Es gab aber auch sonst nichts: keine Schränke, keine Tische, keine Stühle oder sonstiges Mobiliar. Keine Lampen, keine Spüle, keinen Fernseher. Nichts. Nur ein fleckiger ausgebleichter Kurzflorteppich, von dem man nicht sagen konnte, was einmal seine Originalfarbe gewesen war, und die Schatten von Bildern an der Tapete zeugten noch davon, dass hier tatsächlich einmal Menschen gelebt hatten. Sven Grüneis biss sich auf die Unterlippe. Er war zu spät gekommen. Die Erdmanns waren mit Sack und Pack verschwunden.

Für Sven Grüneis kam diese Flucht einem Schuldeingeständnis gleich. Weshalb sollte man sonst Hals über Kopf sein Zuhause verlassen, wenn man nicht einen Riesenhaufen Dreck am Stecken hatte? Doch weit würden sie bestimmt nicht kommen. Wenn er sie in seiner Dienststelle gleich zur Fahndung ausgeschrieben hatte, würden sie, falls nicht schon in den nächsten Stunden, dann auf jeden Fall in den nächsten Tagen gefasst werden. Eine vierköpfige Familie konnte nicht einfach so von der Bildfläche verschwinden. Irgendjemandem waren sie bei ihrer Flucht bestimmt aufgefallen. Er schwang sich auf sein Fahrrad und trat in die Pedale.

Am Rübenacker angekommen, musste Sven Grüneis feststellen, dass noch weit mehr als nur die Erdmanns verschwunden waren. Die Dienstbaracke, in der er so viele Stunden abgesessen hatte, war dem Erdboden gleichgemacht. Vor Schreck fiel er fast von seinem Fahrrad. Er sprang ab und eilte zu der Stelle, wo einst sein Arbeitsplatz gewesen war, fand jedoch nur verbrannte Erde und einen großen Haufen verkohlter Überreste vor, der noch ordentlich zischte und knackte und heiße Funken versprühte.

»Verflixt und zugenäht!«, schimpfte Sven Grüneis und kickte mit dem Fuß eine versengte Rübe beiseite. Gab es denn nichts mehr, auf das man sich verlassen konnte? Womit hatte er es verdient, dass ihm das Schicksal in einem fort Steine in den Weg legte?

Sein Blick wanderte über den Acker und fiel auf eine einzelne Kuh, die in einiger Entfernung wie eine Bronzefigur dastand und ihn neugierig anstarrte. Er hatte sie schon ein paarmal hier herumstreifen sehen, aber heute fragte er sich zum ersten Mal, wem das Tier gehörte. Wer bitte schön ließ eine seiner Kühe mutterseelenallein durch die Weltgeschichte spazieren gehen? Kein Landwirt würde so etwas Schwachsinniges tun. Was wiederum bedeuten musste, dass die Kuh überhaupt keinen Besitzer hatte – doch das klang noch viel absurder.

Langsam, wie in Zeitlupe, ging er auf sie zu. Sie stand noch immer wie angewurzelt da und glotzte ihn an. Als er sich ihr bis auf wenige Meter genähert hatte, senkte sie den Kopf und tat beschäftigt, so als ob sie den Acker nach etwas Essbarem absuchen würde. Das saftige Gras, das auf den an den Acker angrenzenden Weiden spross, schien sie komplett zu ignorieren.

Sven Grüneis musterte die Kuh voller Neugier. Da er die Gewohnheit hatte, Tiere und mitunter auch Pflanzen wie intelligente Lebewesen zu behandeln, sprach er sie direkt an. »Tachchen! Du kannst mir wohl nicht zufällig sagen, was hier passiert ist?«

Die Kuh hob wieder den Kopf und blinzelte träge. Erst jetzt registrierte Sven, dass sie schielte.

»Hm, zu dumm, dass wir nicht die gleiche Sprache sprechen, was? Ich könnte mir vorstellen, dass du eine Menge zu erzählen hast.« Er stand jetzt direkt vor ihr und schaute ihr in die schräg stehenden Glupschaugen. »Hast wohl auch schon ein paar Jährchen auf dem Buckel.«

Sie beschnüffelte ihn wie ein Drogenspürhund.

»Na, was ist, altes Mädchen? Hast du nicht Lust, mit zu mir zu kommen? Da gibt es jede Menge andere Kühe, einen warmen Stall und natürlich auch genügend Heu.«

Das Geräusch, das Trudi von sich gab, klang wenig enthusiastisch.

»Sehr gesellig bist du anscheinend nicht.« Er tätschelte ihr liebevoll die riesige Stirn. »Ach, komm schon, du kannst mir nicht erzählen, dass du gern für dich bist. Niemand ist gern allein.«

Mit einem langen und widerborstigen Muhen wandte ihm die Kuh ihr Hinterteil zu. Ganz offensichtlich war sie anderer Meinung. Sein Blick fiel auf ihren ausgefransten Schweif, der wie ein Hypnosependel hin und her schwang. Ein penetranter Fliegenschwarm wollte eben auf ihrer linken Gesäßbacke pausieren, da schlug der Schweif auch schon zu, und die Fliegen, siebzehn an der Zahl, fielen tot zu Boden. Sven Grüneis war schwer beeindruckt.

Nun fiel ihm sein Dilemma wieder ein, und plötzlich sah er, dass neben der Kuh auf der Wiese Müll lag. Er hielt es jedenfalls im ersten Moment für Müll. Irgendeine blöde Verpackung aus Plastik, die sich, anstatt zu verrotten, in winzigste Partikel zersetzen und den Boden dauerhaft verunreinigen würde. Dann erkannte er, dass es gar keine Plastikverpackung war, sondern ein Stück zerknülltes und aufgeweichtes Papier. Vorsichtig hob er es auf. Obwohl es feucht und zerknittert war, erkannte er sofort, dass es sich um ein Fax von der Frankenhausener Polizeidienststelle handelte. Die maschinell geschriebene Nachricht war noch gut lesbar. Was da stand, traf ihn wie ein Schlag ins Gesicht. Die Erdmanns hatten ein wasserdichtes Alibi.

Eins Komma acht Promille

»Ich habe das Gefühl, wir treten auf der Stelle«, stöhnte Scarabea, als sie sich mit Sven Grüneis über die Ergebnisse ihrer Nachforschungen ausgetauscht hatte.

»Geht mir genauso«, sagte der junge Polizist. »Bisher hat jede Spur nur ins Leere geführt.«

Mit der Eleganz zweier Mehlsäcke lehnten sie sich aus dem Küchenfenster des großen Bauernhauses und schauten in die abendliche Idylle hinaus. Die untergehende Sonne hatte das ländliche Panorama in ein gigantisches Farbspektakel verwandelt. Der Himmel glich einer riesigen bemalten Leinwand, die an Werner Tübkes »Bauernaufstand« erinnerte. Die grauen und dunkelvioletten Wolkenfetzen sahen aus wie schemenhafte Figuren, die in einer glutroten Umgebung ihrer düsteren Bestimmung folgten.

Im Inneren der Küche saß Borwin Wandelohe an einem robusten Eichentisch und schnippelte Gemüse. Ohne dabei den Backofen aus den Augen zu lassen, in dem ein köstlicher katalanischer Kartoffelauflauf gratinierte, würfelte er Zwiebeln, viertelte Tomaten und schnitt grüne Paprikaschoten in hauchdünne Streifen. Auf dem Herd köchelte in einem großen gusseisernen Topf ein herrlich duftendes Kaninchenragout.

»Nur keine Bange«, beschwichtigte er seine Freunde und wischte sich die Tränen fort, welche die reizenden Zwiebeldämpfe erzeugt hatten. »Ich bereite uns ein paar leckere Happen zu, wir trinken ein Gläschen – und dann sieht die Welt schon wieder ganz anders aus. Ihr werdet schon sehen.«

Scarabea drehte sich zu ihm um. »Ein Gläschen wäre jetzt wirklich nicht zu verachten. Was steht denn auf dem Programm?«

Borwin Wandelohe griff in die große Pappschachtel, die er mitgebracht hatte und die zu seinen Füßen stand. Er zog mehrere Flaschen heraus und stellte sie auf den Tisch. »Als Aperitif gibt es einen Fino-Sherry, danach einen trockenen Rotwein aus La Mancha und als Digestif einen Brandy.«

»Genau in der Reihenfolge«, freute sich Scarabea.

Der passionierte Hobbykoch zauberte drei schöne Sherrygläser aus einem flachen Weidenkorb hervor, öffnete eine der Flaschen und schenkte ein.

»Für mich besser nichts«, sagte Sven Grüneis, der sich mit Scarabea an den Tisch begeben hatte. »Ich bin Alkohol nicht besonders gewohnt.«

»Ach kommen Sie«, ereiferte sich Scarabea. »Ein Schlückchen werden Sie doch mal probieren. Ein guter Sherry ist das reinste Wunderelixier.«

»Da hat sie recht«, pflichtete ihr Borwin Wandelohe bei. »Und ein Genuss ist er außerdem.«

Sven Grüneis schaute skeptisch die blassgelbe Flüssigkeit an. »Meinetwegen.«

Sie prosteten sich zu und probierten das edle Getränk.

»Mmmh«, machte Borwin Wandelohe. »Dieses finessenreiche Bouquet. Riecht ihr auch die reifen Äpfel? Und dann dieser mild-würzige, im Abgang diskret herbe Geschmack, der an geröstete Nüsse erinnert.«

Sven Grüneis runzelte die Stirn. Äpfel? Nüsse? Im Abgang diskret herb? Damit konnte er beim besten Willen nichts anfangen. »Ja, gar nicht übel«, murmelte er.

»Nicht übel?«, ereiferte sich der Sommelier und wirbelte zum Herd, um das Essen ein weiteres Mal abzuschmecken. »Das ist eine Delikatesse. Nicht übel. Pah.«

Sven Grüneis beachtete ihn nicht weiter. »Ich kann immer noch nicht glauben, dass die Erdmanns nicht für die Morde verantwortlich sein sollen«, griff er das leidvolle Thema von Neuem auf.

»Was genau stand denn eigentlich in dem Fax aus Frankenhausen?«, fragte Scarabea.

»Da stand, dass gegen die Erdmanns eine Anzeige wegen Diebstahl und Leichenfledderei vorliegt. Laut Aussage eines Augenzeugen sollen sie am Mittwochmorgen gegen sieben Uhr dreißig im Nachbardorf Tannenglück noch beim Abtransport einer Verstorbenen den Sarg geöffnet und einen silbernen Ring entwendet haben.«

»In der Öffentlichkeit? Wie dreist! Die konnten den Hals wohl nicht vollbekommen. Aber wie dem auch sei, damit haben sie tatsächlich ein lupenreines Alibi. Man kann nicht gleichzeitig morden und fleddern.«

Sven Grüneis nickte zustimmend. »Ja, und als wir Heidi Erdmann heute Morgen auf den Zahn gefühlt haben, wurde ihr wohl klar, dass ihre Schandtaten aufgeflogen sind. Und damit sie nicht zur Rechenschaft gezogen werden können, haben sie das Weite gesucht.«

»Wie sie das so schnell geschafft haben, ist mir ein absolutes Rätsel. Vermutlich müssen Sie sie knapp verpasst haben.«

Scarabea nippte erneut an ihrem Glas und warf einen Blick auf Dr. Jekyll, der unweit des Tisches auf einem Freisitz aus Kaffeeholz hockte und zufrieden an einem Hirsekolben knabberte.

»Ich bin jedenfalls heilfroh, dass für Henriettas Bestattung die Ruhe-Brüder zuständig waren.«

Der junge Polizist schüttelte sich. »Tut mir leid, aber ich finde diesen Gedanken auch nicht sehr erbaulich.«

»Jedenfalls haben wir nun keinen Verdächtigen mehr auf unserer Liste.«

»Ja. So sieht es leider aus.«

Borwin Wandelohe kehrte dem Herd den Rücken und baute sich vor ihnen auf. »Jetzt ist aber Schluss mit dem Trübsalblasen! Ihr seid ja ein Bild des Jammers. Wenden wir uns endlich angenehmeren Dingen zu.« Mit diesen Worten dekantierte er den Rotwein und klapperte emsig mit dem Geschirr.

Sven Grüneis und Scarabea zuckten in einer verbrüdernden Geste mit den Schultern, tranken ihren Sherry aus und harrten der Dinge, die da kommen sollten.

Wenig später schmatzten alle drei um die Wette. Sherry, Rotwein und das exzellente Mahl zeigten bald Wirkung, und tatsächlich besserte sich die allgemeine Laune. Besonders Sven

Grüneis wurde zunehmend gesprächiger. Er erzählte von seiner Odyssee auf dem Dach, von der Geburt der fünfzehn kleinen Schweinchen und der attraktiven Tierärztin, die er nicht mehr aus dem Kopf bekam.

Scarabea klatschte begeistert in die Hände. »Sehen Sie. Ich wusste, dass früher oder später die Liebe an Ihre Tür klopfen wird. Erwidert sie denn Ihre Gefühle?«

»Äh, also … ich weiß nicht so recht.«

»Was ist denn Ihr Plan?«

Sven Grüneis sah sie hilfesuchend an.

»Sie haben gar keinen Plan.«

»Ich habe Angst, dass ich es vermassele.«

»Also versuchen Sie es gar nicht erst?«

»Dann kann ich wenigstens noch davon träumen.«

»Aber Sven, Träume sind doch dazu da, um sie zu verwirklichen«, mischte sich Borwin Wandelohe in das Gespräch.

»Richtig«, pflichtete ihm Scarabea bei.

»Wenn dir wirklich was an ihr liegt, dann ergreif deine Chance«, sagte der Barbier.

»Gut, wenn ihr mir noch sagt, wie.«

»Das Herz einer Frau gewinnt man mit Poesie. Schreiben Sie ihr doch ein Gedicht«, schlug Scarabea vor.

»Ist das nicht zu altmodisch?«

Borwin Wandelohe räusperte sich. »Leider habe ich keine praktischen Erfahrungen in Liebesdingen, aber in der Theorie bin ich ein Experte. Mein Rat ist: Koch für sie. Liebe geht durch den Magen, sagt man ja. Und wenn sie gutes Essen liebt, so wie du, dann seid ihr wie geschaffen füreinander.«

»Das mag ja ein ganz netter Anfang sein«, gab Scarabea zu bedenken. »Aber nur Essen alleine reicht nicht. Bringen Sie sie zum Lachen. Aber seien Sie nicht albern.«

Der junge Polizist nickte aufmerksam.

»Zeigen Sie ihr, dass Sie an ihr interessiert sind, aber werden Sie bloß nicht aufdringlich.«

Wieder nickte Sven Grüneis. Hoffentlich konnte er sich das alles merken.

Borwin Wandelohe flitzte wieder durch die Küche und servierte neben einem Glas Brandy eine Crema catalana als Dessert. Er füllte eine Miniaturausgabe seines Weidenkorbes mit klein geschnittenem Obst und hängte ihn an der Sitzstange des Aras auf. »Ich wünsche einen guten Appetit, mein Herr Papagei«, sagte er wie ein Oberkellner und verbeugte sich.

Dr. Jekyll, der die ganze Zeit noch kein Wort von sich gegeben hatte, plusterte sich auf wie eine Schnee-Eule. »Wieso sagt er Papagei zu mir? Seh ich etwa so aus, als habe ich Federn?«

»Ähh ...«, machte Borwin Wandelohe.

Scarabea klärte ihn auf. »Er glaubt, dass er ein Mensch ist«, flüsterte sie so leise, dass der Ara sie nicht hören konnte.

»Und hat ihm noch niemand gesagt, dass –«

»Pst! Nein, ich weiß nicht, ob er das verkraften würde.«

Borwin Wandelohe machte eine entschuldigende Geste in Richtung des Vogels. »Ich meine natürlich: mein sehr verehrter lieber Herr Dr. Jekyll.«

Der Papagei krächzte zufrieden, und Scarabea probierte den Brandy.

»Das ist Carlos I., Jahrgang 1983«, klärte Borwin Wandelohe sie auf. »Wird unter anderem auch am spanischen Hof serviert.«

»Köstlich.«

»Schmeckt nach diskreten Nüssen und milden Äpfeln«, sagte Sven Grüneis kichernd.

Borwin Wandelohe warf ihm einen strafenden Blick zu.

»Haben die kleinen Schweine denn schon Namen?«, wollte Scarabea wissen.

»Nein.« Sven Grüneis schüttelte den Kopf. »Im Moment fällt mir immer nur Sara ein. Die Namen müssen aber mit ›F‹ anfangen. Wenn ihr wollt, könnt ihr gern Vorschläge machen.«

»Wie viele sind Mädchen und wie viele Jungs?«

»Es sind sieben Sauen und acht Eber.«

Borwin Wandelohe zückte Stift und Papier. »Gut, dann brauchen wir also sieben Mädchennamen, bitte.«

»Sara«, seufzte Sven Grüneis und strahlte über das ganze Gesicht.

»Also wirklich, so bist du uns keine Hilfe. Scarabea, du kennst doch bestimmt ein paar Namen mit ›F‹?«

»Filomena«, meinte Scarabea.

»Falbala«, krächzte es von der Kaffeeholzstange herüber.

»Sehr gut, Herr Jekyll. Danke.«

»Wie wäre es mit Fortuna?«

»Oder Franzine?«

»Filippa.«

»Flora.«

»Fantaghiro.«

»Stopp«, rief Borwin Wandelohe und zählte die Namen. »Wir haben sieben zusammen. Jetzt die Jungennamen. Acht Stück.«

»Filu«, krächzte Dr. Jekyll.

»Frodo und Frederik«, rief Sven Grüneis.

»Na bitte, es geht doch.«

»Fantomas«, sagte Scarabea.

»Oh ja, der ist gut«, rief Sven Grüneis begeistert.

»Fridolin«, trällerte der Papagei.

»Fidibus.«

»Und Flip. Wie der Grashüpfer.«

Der Stift in Borwin Wandelohes Hand raste nur so über das Papier. »Wartet, ich komme ja gar nicht mehr hinterher. So. Einen brauchen wir noch.«

Sven Grüneis schnippte mit den Fingern. »Fips, das fröhliche Ferkel.«

Sie lachten, sangen Seemannslieder und waren so ausgelassen und heiter wie schon lange nicht mehr. Als der Sherry, der Rotwein und der Brandy geleert waren, köpfte Borwin Wandelohe eine Ginflasche und mixte ihnen Gin Tonics. Als Krönung gab er unter den staunenden Augen seiner Freunde in jedes Glas einen Eiswürfel in Form der Titanic hinein.

»Wisst ihr, was der letzte Satz des Kapitäns der Titanic war?«, fragte er.

Scarabea lächelte. Von allen berühmten letzten Sätzen hatte

sie sich diesen besonders eingeprägt. »›Etwas Eis für meinen Gin Tonic, bitte!‹«

Borwin Wandelohe nickte und erhob sein Glas. »Edward John Smith. Großartiger Mann. Mit einem großartigen Galgenhumor.«

Auch Scarabea hob ihr Glas in die Höhe. »Auf Kapitän Smith und seinen Galgenhumor.«

Sie stießen miteinander an und zechten weiter wie Knastbrüder. Selbst Sven Grüneis, dessen Kopf inzwischen wie eine Reklametafel leuchtete, hielt mit seinen trinkfesten Freunden mit.

»Sie ist es einfach«, sagte er gerade halb zu sich selbst, halb zu den anderen, wobei ihm das Sprechen hörbar schwerer fiel. »Sie ist es. Ich war mir noch nie so sicher.«

»Hicks.« Scarabea schielte den schmelzenden Eiswürfel in ihrem Drink an. Von dem stolzen Schiff war nur noch ein bescheidener Krabbenkutter übrig.

Sven Grüneis klammerte sich an sein Glas. »Bestimmt hat sie daheim einen Mann mit Bart und Wohl… Wohl…«

»Wohl-was?«

»Wohlschansbierbauch.«

»Ach was«, meinte Scarabea. »Nur nicht gleich die Flinte ins Dings werfen.«

»Korn?«, fragte Borwin Wandelohe.

Scarabea winkte ab. »Nein, danke, hab noch.«

***

Die Küche sah aus wie ein Schlachtfeld. Im Radio lief eine nächtliche Seelsorgersendung, und die Kerzen waren allesamt heruntergebrannt. Auf der Fensterbank lag Dr. Jekyll in einen grauen Wollpullover gekuschelt und schnarchte laut.

Borwin Wandelohe teilte den restlichen Gin Tonic unter ihnen auf und ergriff noch einmal sein Glas. Er schien von allen Beteiligten der Nüchternste zu sein. »Auf uns, liebe Freunde. Auf uns, und auf euch ganz besonders. Darauf, dass euch das

Herz nicht schwer werde, was immer auch geschehen mag. Und denkt daran, den Mut verliert man nur, wenn man unterzuckert ist. Versprecht mir, dass ihr es in Zukunft nicht mehr so weit kommen lassen werdet.«

Wie auf Kommando hoben Sven Grüneis und Scarabea ihre Gläser und prosteten den verschwommenen Umrissen von Borwin Wandelohe zu. »Wir verbrechen es!«, lallten sie aus einer Kehle.

Der Kommissar in neunzehn Stücken

Der pochende Schmerz in seinen Schläfen trieb Sven Grüneis fast in den Wahnsinn. Es war, als würde ihn ein unsichtbarer sadistischer Kobold im immer gleichen Takt mit einer Bratpfanne traktieren. Ein zweiter kleiner Wichtelmann schien in seinem Bauch mit spitzen Schuhen Polka zu tanzen. Sein Magen wollte sich am liebsten umdrehen. Ihm war speiübel. Er konnte kaum einen vernünftigen Gedanken zu Ende bringen, geschweige denn einer sinnvollen Beschäftigung nachgehen. Das grelle Tageslicht brannte wie Pfefferspray in seinen Augen, und seine Zunge lag wie ein alter versiffter Flokati in seinem Mund.

Auf die Gesellschaft dieser unflätigen Gnome hätte er gut und gern verzichten können. »Nie wieder Alkohol«, schwor er sich und hoffte inständig, dass er heute von Besuchen und unvorhergesehenen Vorfällen jeglicher Art verschont bleiben würde. Dass er sich bloß um seine Tiere zu kümmern brauchte und anschließend wieder die Decke über den Kopf ziehen konnte. Er klatschte sich einen Schwall kaltes Wasser ins Gesicht und warf sich zwei Aspirin ein, die sein Körper jedoch ohne Umschweife wieder ins Freie katapultierte.

Auf dem Weg zu den Ställen wich er den morgendlichen Sonnenstrahlen aus wie ein Vampir. Die Arbeit ging ihm ganz automatisch von der Hand, auch wenn er etwas langsamer war als gewöhnlich. Im Schweinestall tollte die rosige Ferkelschar durch das warme weiche Heu. Zufrieden sah er ihnen zu. Obwohl es erst zehn Uhr am Morgen war, stand die Sonne bereits hoch am Himmel, und es widerstrebte ihm, auch nur einen Fuß ins Freie zu setzen. So ließ er sich in das frische Stroh fallen und war Augenblicke später eingeschlafen.

Als er die Augen wieder aufschlug, bot sich ihm ein höchst sonderbarer Ausblick. Er saß auf dem Dach seines Hauses und hielt eine ungewöhnlich große Lupe in der Hand. Verwundert stellte er fest, dass er hier oben nicht allein war. Neben ihm hockte Sara Elflein mit einem Weidenkorb voller versengter Rüben auf dem Schoß. Sie putzte hingebungsvoll das schwarze Gemüse, lächelte ihm vielsagend zu und deutete auf ein Geschehen, das sich in einiger Entfernung auf einem Acker abspielte. Sven Grüneis konnte zunächst nur ein paar winzige Strichmännchen erkennen, doch dann fiel ihm die Lupe ein.

Das Erste, was er durch das Glas sah, waren Scarabeas feuerrote Haare. Sie schaute zu ihm hoch und wedelte mit den Armen. »Alles wird gut«, rief sie über den Acker hinweg. Trotz der Entfernung konnte er sie deutlich verstehen. »Ich hacke nur noch das Holz hier. Damit können wir dann das Dach reparieren.« Er sah das große, schwere Beil in ihrer Hand. Wie seine Lupe war auch dieser Gegenstand um ein Vielfaches größer, als er sein sollte.

Sven Grüneis kratzte sich irritiert am Kopf. Als er wieder durch das Vergrößerungsglas spähte, hatte Scarabea ihm den Rücken zugedreht und mit dem Beil zum Schlag ausgeholt. Es sauste nieder, traf jedoch keinen Holzklotz, sondern trennte fein säuberlich den Kopf von Kommissar Pfeiffer von dessen Rumpf. Sven Grüneis schrie auf vor Entsetzen, und Sara Elflein strich ihm beruhigend durchs Haar. Doch es wurde noch grotesker. Während Scarabea den wehrlosen Kommissar in genau neunzehn Stücke hackte, erblickte er rechts von ihr einen offenen dunkelroten Sarg, in dem der Bestatter Ferdinand Ruhe der Apothekersfrau Frieda Feigenbaum beim Liebesspiel das Blut aus dem Hals saugte. Dann erschien Borwin Wandelohe auf der Bildfläche, und auch er winkte ihm zu und strahlte, als hätte er in der spanischen Nationallotterie gewonnen. Er ging zu Scarabea, nahm den Kopf des Kommissars und stellte ihn auf ein silbernes Tablett, das auf einem Holzstumpf lag. Kommissar Pfeiffers Augen rollten hin und her, und aus seinem Mund drangen die gequälten Worte: »Oh nein, bitte nicht. Schon als Kind musste ich immer Kutteln essen.«

Scarabea und Borwin schütteten sich aus vor Lachen und schleppten einen riesigen Kessel herbei, der bis zum Rand mit Kaninchenragout gefüllt war. Borwin Wandelohe nahm einen Löffel von der Größe einer Suppenkelle und begann, den Kommissar mit dem Fleischgericht zu füttern. »Einen für Fips, das fröhliche Ferkel«, rief er ausgelassen und schob Pfeiffer energisch den Löffel in den Mund. »Einen für Falbala. Einen für Fantomas.«

Dem Kommissar liefen Tränen aus den Augen. »Aufhören«, flehte er und verzog sein Gesicht.

Doch Borwin Wandelohe war unerbittlich. »Einen für Filu. Einen für Flip. Einen für Frederik. Einen für Franzine. Einen für Fortuna. Einen für Frodo. Einen für Fidibus. Einen für Fantaghiro. Einen für Filomena. Einen für Filippa. Einen für Fridolin. Und einen für Flora.«

Erst jetzt bemerkte Sven Grüneis, dass sich die unheimliche Szene auf dem zerfurchten Rübenacker abspielte und dass seine Dienstbaracke wie ein entscheidendes Detail eines perfekt ausgetüftelten Bühnenbildes ins Auge stach. Er hielt die Lupe direkt darauf und betrachtete wehmütig das heruntergekommene Häuschen. Mit einem Mal bohrten sich feine Sonnenstrahlen durch das dicke Glas seiner Lupe, bündelten sich und fielen auf das Gebäude. Noch im selben Moment entzündete der konzentrierte Lichtschein die trockenen Holzgiebel. Erschrocken fuhr Sven Grüneis zusammen, da ihm sofort klar war, dass er den Brand verursacht hatte. Doch von hier oben konnte er nichts dagegen tun. Die anderen Protagonisten schien das in Flammen stehende Gebäude überhaupt nicht zu stören. In aller Seelenruhe gingen sie weiter ihren grausigen Beschäftigungen nach.

Sven Grüneis überlegte, ob er wieder das Dach herunterrutschen sollte, da packte ihn Sara Elflein mit festem Griff am Genick. Als sie ihn mit einem strengen, alles durchdringenden Blick ansah, fühlte er sich wie ein streunender Kater nach der Kastration. Er gab ein unterwürfiges Schnurren von sich, und sie lockerte den Griff und zeigte mit deutlich milderen Gesichtszügen auf den Horizont. Dort, in der Ferne, war ein Schiff erschienen, das er sofort erkannte. Es war die Titanic, und sie war hell und durchsichtig, als bestünde sie aus Glas. Sie steuerte direkt auf das Bauernhaus zu und durchpflügte mühelos Wiesen und Felder. Je näher das Schiff kam, umso größer wurde es, und als es schließlich etwa hundert Meter vom Haus entfernt anhielt, überragte es alles in dieser Gegend. Nun sah Sven Grüneis auch, dass es nicht aus Glas, sondern aus einem riesigen Eisblock gemacht war, der in der Sonne zu schmelzen anfing. Es taute und tropfte, weichte den Boden auf und überflutete ihn. Schließlich überschwemmte das Wasser den Acker. Sven Grüneis hielt Ausschau nach seinen Freunden, konnte jedoch nur den Sarg mit dem blutsaugenden Liebespaar erkennen, der wie ein Boot über das Wasser glitt. Nach einer gefühlten Ewigkeit entdeckte er Borwin und Scarabea. Sie hockten auf einem kleinen Floß, welches beim genaueren Hinsehen aus den zusammengebundenen Gliedmaßen des Kommissars bestand, hielten jeder ein Sherryglas in der Hand und prosteten ihm lachend zu. »Huhu«, riefen sie vergnügt und winkten, als säßen sie auf einem Spreewaldkahn.

Sven Grüneis verstand die Welt nicht mehr. Nichts von dem, was er sah, ergab auch nur den geringsten Sinn. Ratlos blickte er Sara Elflein an, die noch immer zu seiner Linken saß. Sie musterte ihn lächelnd und streckte ihm die Hand entgegen. Darin lag ein ockerfarbener Glückskeks.

»Öffne ihn«, sagte sie, und es klang eher nach einem Befehl als nach einem Vorschlag. Zögernd nahm er den Keks und brach ihn entzwei. Das spröde Backwerk zerbröselte dabei in tausend Stücke. Zu seiner Überraschung kam diesmal kein kleiner Zettel mit einem weisen Sprüchlein zum Vorschein. Es war in der Tat höchst sonderbar, und ihm stockte fast der Atem, als er den Inhalt entdeckte. Es war eine wunderschöne, perfekt geformte Herzmuschel.

Derweil stieg das Wasser unaufhörlich weiter. Es hatte bereits das Dach erreicht, und von allen Seiten rasten riesige Monsterwellen auf sie zu. Wir haben nicht mehr viel Zeit, schoss es ihm durch den Kopf. Was für eine Ironie, dachte er.

Sara Elflein schenkte ihm ein Herz, und gleich danach ging die Welt unter.

Die Flut hatte sie nun fast erreicht. Wie aus einem Reflex heraus nahm Sara Elflein seine Hand. Er sah ihr tief in die Augen, und dann küsste er sie. Es war der glücklichste Moment seines Lebens. Als die Wellen über ihnen zusammenschlugen, klammerte er sich an ihr fest wie an einen Fels in der Brandung.

Ein lautes Geräusch riss ihn aus dem Schlaf. Er schlug die Augen auf und blickte in das Antlitz des dicken Ebers, der ihn freundlich angrunzte. Mühsam kämpfte er sich hoch. Sein Körper war schweißgebadet, und seine Glieder schmerzten so fürchterlich, als wäre eine Planierraupe über ihn hinweggefahren.

Das Geräusch wurde immer fordernder. Es kam von draußen und klang nach einer Autohupe. Sven Grüneis klopfte sich die Strohhalme von der Kleidung und taumelte wie ein Leichtmatrose, der nach Jahren der Seefahrt zum ersten Mal wieder Land betritt, in die frische Luft hinaus. Die Sonne war schon ein Stück weitergezogen, blendete ihn aber immer noch so sehr, dass er schützend den Arm vor die Augen hob. So konnte er den Mann nicht gleich erkennen, der aus dem Auto stieg und auf ihn zukam. Erst als er direkt vor ihm stand, wusste er, wer er war. Es war sein Vorgesetzter, Kommissar Pfeiffer. In einem Stück, wie er erleichtert feststellte. Auch der Kopf saß wieder da, wo er hingehörte.

»Was ist denn los mit Ihnen?«, fuhr Pfeiffer ihn an. »Ich versuche schon den ganzen Vormittag, Sie zu erreichen. Wieso gehen Sie nicht ans Telefon? Und jetzt hupe ich schon seit fast zehn Minuten. Mein Gott, geht es Ihnen nicht gut? Sie sehen ja aus, als hätten Sie einen Geist gesehen.«

Sven Grüneis starrte noch immer mit glasigem Blick auf den Hals des Kommissars. Er musste wohl tatsächlich ein recht merkwürdiges Bild abgeben, wie er so dastand, schwankend wie ein Schiffsmast, mit zerzausten Haaren und einem verquollenen, bartstoppeligen Gesicht.

»Sind Sie krank?«, erkundigte sich der Kommissar erneut.

Sven Grüneis nickte. »Magen-Darm«, stieß er mit zusammengebissenen Zähnen hervor, und Kommissar Pfeiffer wich gleich ein paar Schritte zurück.

»Ach du meine Güte. Dann sollten Sie besser ins Bett gehen. Oder zum Arzt.«

Wieder nickte Sven Grüneis.

»Eigentlich bin ich auch nur wegen dem Feuer in der Hummelstichler Polizeidienststelle hier.« Pfeiffers Worte klangen so harmlos, als wäre in der Baracke bloß eine Kerze niedergebrannt. »Vermutlich Brandstiftung«, fügte er ergänzend hinzu.

»Glaub ich nicht«, knurrte Sven Grüneis.

»Wie bitte?« Kurt Pfeiffer traute seinen Ohren nicht. Es war das erste Mal, dass der junge Mann ihm widersprach.

»Wird wohl eher ein Kurzschluss in einem der veralteten Geräte gewesen sein.«

»Na ja, das wird sich alles noch herausstellen. Jedenfalls wird es vorerst das Beste sein, wenn Sie, sobald Sie wieder auf dem Damm sind, von zu Hause aus weiterarbeiten. Und selbstverständlich werden Sie mit der neuesten Bürokommunikation ausgestattet.«

»Dann wollen Sie also, dass ich in den Mordfällen weiterermittle?«, fragte Sven Grüneis mit einer Spur von Hoffnung in der Stimme.

Kommissar Pfeiffer sah ihn verdutzt an. »Natürlich nicht. Der Mörder sitzt in Untersuchungshaft. Damit ist der Fall für uns abgeschlossen.«

»Hat Herr Meuselböck denn gestanden?«

»Nein. Aber er wird schon noch auspacken. Alles eine Frage der Zeit.«

Sven Grüneis seufzte tief. Der Kommissar, der diese Reaktion völlig falsch interpretierte, beschwichtigte ihn. »Nur keine Sorge. Wir sitzen am längeren Hebel.«

Sven Grüneis lächelte gequält und wünschte sich, dass sein Vorgesetzter endlich wieder verschwinden würde. Er torkelte ein paar Schritte auf ihn zu und tat so, als wenn er von einem heftigen Würganfall geschüttelt werden würde. Pfeiffer duckte sich und trat den Rückweg an. »Tun Sie jedenfalls nichts, ohne vorher mit mir Rücksprache zu halten. Und kurieren Sie sich aus«, rief er Sven Grüneis noch zu, bevor er in seinen Wagen kletterte und davonfuhr.

Mordermittlung 2.0

Der kleine Dorffriedhof war in warmes sanftes Licht getaucht. Es fiel in dichten goldenen Fäden auf das kurz gemähte Gras, das wie ein weicher Teppich den Boden bedeckte. Die gepflegten, mit glänzenden Granitsteinen eingefassten Gräber waren rund um die Kirche verteilt. Frische Blumen leuchteten in den schönsten Farben; die alten Bäume spendeten wohltuenden Schatten, und flauschige Eichhörnchen äugten neugierig aus ihren Verstecken.

Scarabea saß im Schneidersitz und mit einem Buch auf dem Schoß neben dem Grab ihrer Freundin und genoss die wohltuende Stille und Herrlichkeit dieses Ortes. Ein Totenacker hatte wirklich etwas zutiefst Beruhigendes. Er war der perfekte Rückzugsort, wann immer sie niedergeschlagen, entmutigt oder mit sich und der Welt im Unreinen war. Dann schlenderte sie durch die Reihen, las die Inschriften auf den Grabsteinen und überlegte, welche Schicksale sich wohl hinter den Namen verbargen. Sie kannte unzählige Friedhöfe auf der ganzen Welt, und dieser war zweifellos einer der schönsten, den sie je gesehen hatte.

Wie friedlich es hier war. Nicht nur der Friedhof, das ganze Dorf strahlte an diesem Freitagmittag eine unglaubliche Ruhe und Beschaulichkeit aus. So ganz anders, als die Ereignisse der vergangenen Tage es hätten vermuten lassen. Es war, als würden die Menschen innehalten und der Hektik und der Schnelllebigkeit den Rücken zukehren. Für einen kurzen Augenblick drehte sich das Rad der Zeit anderswo weiter.

»Ich glaube, ich verstehe jetzt, warum du hierhergekommen bist, Hetty«, sagte Scarabea leise. Sie legte das Buch zur Seite, nahm eine Handschaufel aus ihrer Tasche und lockerte damit vorsichtig die Erde auf. Es war schwerlich zu leugnen, dass dieser Ort über einen ganz besonderen Charme verfügte. Wie ein die Jahre überdauerndes kleines Theater in einer Seitenstraße des Montmartre. Von außen eher unscheinbar, wurden im Inneren wahre Meisterwerke gespielt. Ein Geheimtipp für die Eingeweihten.

Die Verbrechen und menschlichen Abgründe, die sich hinter der hübschen Fassade offenbarten, waren Teil der Inszenierung. Ein Kriminalstück wurde gerade auf dieser Bühne geboten, so viel war sicher. Scarabea konnte nur noch nicht sagen, ob es sich um ein Stück mit komischem oder tragischem Ende handelte. Sie bevorzugte die Komödie, und das wäre auch Henriettas erste Wahl gewesen. Sie sah das Gesicht ihrer Freundin vor sich, das ihr ermutigend zunickte und sie freudig anlächelte.

»Mannomann, was hast du da bloß für einen spektakulären Abgang hingelegt«, flüsterte Scarabea, während sie das Grab mit Roter Torfmyrte, einer eissilbernen Zwerg-Lockentanne und Chinesischem Säulenwacholder bepflanzte. »Das macht dir nun wirklich keiner so schnell nach.«

Der Mord an Hetty war zweifellos der Prolog gewesen. Scarabea dachte an die anderen Protagonisten in diesem Stück. Die ermordeten Wirtsleute, die sich als eiskaltes Erpresserpärchen entpuppt hatten. Die zwielichtigen Erdmanns, die in einer Nacht-und-Nebel-Aktion das Weite gesucht hatten. Der bornierte Kommissar, der den unschuldigen Metzger hinter Gitter gebracht hatte. Der einsame Halbtagspolizist, der noch ganz grün hinter den Ohren war. Der spielsüchtige Apotheker, der seine Frau in die Arme des blasshäutigen Bestatters getrieben hatte. Der an Hypertonie leidende Ortsvorsteher und sein fürchterlicher rosafarbener Feldwebel. Und der dicke, lustige Friseur, der so fabelhaft kochen und erzählen konnte.

»Irgendeine Spur habe ich übersehen«, murmelte sie, und in diesem Moment wurde ihr klar, dass sie selbst eine Figur in diesem Stück war. Welches Ende die Geschichte nehmen würde, lag auch an ihr. Sie war in die Rolle der altersstarrsinnigen Detektivin geschlüpft; eine neue, aufregende Rolle, die sie bis zum Letzten auszukosten gedachte.

»Ich schwöre dir, Hetty, ich werde deinen Mörder finden.

Und wenn ich für den Rest meines Lebens nach ihm suchen muss.«

Ja, sie würde ausharren und weiter nach dem Täter forschen, bis der letzte Vorhang gefallen war. Das war sie nicht nur Hetty schuldig, sondern auch ihren neuen Freunden, Borwin Wandelohe und Sven Grüneis, und nicht zuletzt auch sich selbst.

Sie wollte gerade gehen, als sich die Kirchentür öffnete und ein Mann in einer schwarzen Soutane ins Freie trat. Der nächste Akt des Schauspiels hatte offenbar begonnen.

Natürlich, dachte Scarabea. Auch der nervige Pfarrer war eine handelnde Figur in diesem Stück. Sie hatte ihn beinahe vergessen.

»Sie schon wieder«, zischte Theodor Klingbein und warf ihr einen verärgerten Blick zu. Die Antipathie beruhte also auf Gegenseitigkeit.

»Komisch. Genau dasselbe habe ich auch gerade gedacht«, sagte Scarabea. Vor Schreck hatte sie ihr Buch, einen kriminaltechnischen Ratgeber aus Hettys Sammlung mit dem Titel »Mordermittlung 2.0«, fallen lassen.

Der Pfarrer hob es auf, betrachtete kurz das Cover und schnaubte verächtlich. Dann drückte er es ihr in die Hände und musterte sie wie ein lästiges Insekt. »Sie bringen also noch immer Unruhe in meine Gemeinde.« Es war eine Feststellung, keine Frage.

Scarabea verschränkte die Arme hinter dem Rücken und wippte mit den Füßen auf und ab. »Ach wissen Sie, ein bisschen Unruhe hat noch keinem geschadet.«

In den Augen des Pfarrers loderte Zorn auf. »Sie gehören zu den ganz verirrten Schäflein.« Seine Stimme war so kalt und dunkel wie eine Gruft.

Scarabea lächelte und sah ihn herausfordernd an. »Ach ja? Dann wollen Sie mich also auf den rechten Weg zurückbringen?«

Theodor Klingbein schnaubte. Die impertinente Unbekümmertheit dieser Frau machte ihn nur noch zorniger. »Das wäre meine Aufgabe. Aber ehrlich gesagt, ich glaube, bei Ihnen ist Hopfen und Malz verloren.«

Wieder blieb Scarabea völlig ruhig. Um nichts in der Welt würde sie sich von diesem Schwarzrock provozieren lassen. Vielmehr würde sie ihn aus der Reserve locken. »Ja, da könnten Sie recht haben«, sagte sie in einem äußerst liebenswürdigen Ton.

Der Pfarrer ballte die Hände zu Fäusten. »Eher geht ein Kamel durch ein Nadelöhr, als …« Er brach unvermittelt ab.

»Als was?«, fragte Scarabea. Sie spürte ein vertrautes Kribbeln in den Fingerspitzen.

Das Gesicht des Pfarrers war wutverzerrt. »Als … dass eine Ketzerin wie Sie in den Himmel kommt!«

Scarabeas Augen funkelten. Sie lachte. »Wie schon gesagt, ich gebe Ihnen vollkommen recht.«

»Gehen Sie doch dahin, wo der Pfeffer wächst.« Theodor Klingbein machte auf dem Absatz kehrt und hinkte zwischen den Gräbern in Richtung des kleinen Waldes davon.

»Was soll ich in Indien?«, rief Scarabea ihm hinterher. Ihre Fingerspitzen kribbelten noch immer.

Wie merkwürdig, dachte sie. Ein Theologe sollte die Bibel doch in- und auswendig kennen. Aber wieso hatte sich Klingbein bei einem so einfachen Spruch verhaspelt? Er hatte ihn eher wie eine Redensart dahergesagt. Der korrekte Vers lautete schließlich: »Eher geht ein Kamel durch ein Nadelöhr, als dass ein Reicher in das Reich Gottes gelangt.« Neues Testament, Markus-Evangelium. Würde ein Pfarrer eine Bibelstelle falsch zitieren, nur um sie jemandem beleidigend an den Kopf zu knallen? Würde ein Mann Gottes überhaupt jemanden beleidigen? Noch dazu grundlos? Oder war Pfarrer Klingbein am Ende gar nicht das, was er vorgab zu sein, sondern ein faules Ei? Es war an der Zeit, das herauszufinden.

Ihr kam ein anderer Vers aus dem Matthäus-Evangelium in den Sinn. Sie nahm ein Stück Papier und schrieb: »Niemand kann zwei Herren dienen; er wird entweder den einen hassen und den anderen lieben, oder er wird zu dem einen halten und den anderen verachten. Ihr könnt nicht beiden dienen, Gott und dem Mammon.«

Sie las den Vers noch einmal, dann faltete sie den Zettel zusammen und warf ihn am Eingang der Kirche in die Kollekte.

Zwei Kragarme für einen schiefen Kirchturm

Der Turm der Oberkirche von Frankenhausen war das Schrägste, was Scarabea je gesehen hatte. Tatsächlich war das sechsundfünfzig Meter hohe Wahrzeichen der alten Kur- und Salzsiedestadt sogar schiefer als der Turm von Pisa. Durch die unterschiedlichen Absenkungen des Bodens hatte die Kirchturmspitze bereits einen Überhang von viereinhalb Metern erreicht. Es sah so aus, als ob der Turm jeden Moment umfallen würde.

Für Scarabea, die eine Schwäche für alles Schiefe und Krumme hatte, war es Liebe auf den ersten Blick. Verzückt betrachtete sie das imposante Bauwerk, und wenn es nicht so groß gewesen wäre, hätte sie es umarmt. Der Grund für ihren Besuch war jedoch kein touristischer. Nach ihrem Zusammenstoß mit Theodor Klingbein war sie entschlossen, mehr über den Pfarrer in Erfahrung zu bringen. Von Borwin Wandelohe hatte sie erfahren, dass Klingbein nicht aus der Gegend stammte und erst vor einigen Jahren nach Hummelstich gezogen war. Mehr wusste er auch nicht über den Pfarrer, und selbst Brunhilde Meuselböck, die Metzgergattin, konnte keine weiteren Details aus seiner Vergangenheit beitragen. So machte sich Scarabea also am Freitagnachmittag zur nächsten Anlaufstelle für ihre Nachforschungen, der Superintendentur in Frankenhausen, auf. Dabei hatte sie sich zumindest optisch um Normalität bemüht und ihr schlichtestes Outfit angezogen, das aus einer orangefarbenen Karottenhose, einem gelben Blazer mit Kanarienvogelmuster und einem moosgrünen Filzhut bestand. Sie fühlte sich fast wie ein Mauerblümchen. Sogar auf ihre ausgefallenen Kontaktlinsen hatte sie verzichtet.

Mit energischen Schritten betrat sie die kirchlichen Amtsräume, knallte ihre pinkfarbene Handtasche auf den Schreibtisch der verdutzten Sekretärin und erklärte, dass sie unbedingt und sofort mit einem Vorgesetzten sprechen müsse. Die Sekretärin, die vor Schreck ganz blass um die Nase geworden war, griff zum Telefon, flüsterte kaum vernehmbar etwas in den Hörer, nickte dann mit irritiertem Blick Scarabea zu und deutete auf eine Tür im Holzfurnier links von ihr. Scarabea bedankte sich mit einem Lächeln, nahm ihre Handtasche wieder an sich und betrat das angrenzende Zimmer.

Superintendentin Ariane Schwarz hatte kurzes, leicht ergrautes Haar, war Anfang vierzig und eine gänzlich angenehme Erscheinung. Sie sah von ihrem Schreibtisch auf und bot Scarabea einen Platz in einem weich gepolsterten Sessel an. »Was kann ich für Sie tun?«, fragte sie und faltete die Hände zusammen.

Scarabea nahm ihren Hut ab und strich sich durch das feuerrote Haar. »Meine Freundin Henrietta hat mir ihr Haus in Hummelstich vererbt, und nun gehe ich ernsthaft mit dem Gedanken schwanger, dorthinzuziehen.«

Sie ließ ihren Blick durch den großen Raum schweifen. In dunkelbraunen Holzregalen waren Bücher und Akten einsortiert, ein schwerer Messingleuchter hing von der Decke, und auf einem kleinen Tischchen in der Ecke stand ein frisches Blumengebinde. Am besten gefiel Scarabea jedoch ein spezielles, immer wiederkehrendes Motiv. Ob als Zeichnung und Fotografie an den Wänden oder als Miniaturskulptur auf dem Schreibtisch – der schiefe Kirchturm war allgegenwärtig. In voller Pracht konnte sie ihn sogar durch die hohen Fenster bewundern.

»Allerdings ist das keine einfache Entscheidung für mich«, fuhr sie fort. »So ein Umzug stellt eine große Veränderung dar und will gut überlegt sein. Es gibt viel zu beachten. Ein besonders wichtiger Aspekt ist für mich zum Beispiel der seelsorgerische Beistand.«

Ariane Schwarz nickte verständnisvoll. »Für die Gemeinde Hummelstich ist Pfarrer Klingbein verantwortlich. Haben Sie ihn denn schon kennengelernt?«

Scarabea strahlte. »Ja, nach der Beisetzung meiner Freundin hat sich die Gelegenheit für ein Gespräch ergeben. Er machte einen sehr gebildeten und weltgewandten Eindruck auf mich.«

Zwar war eher das Gegenteil der Fall gewesen, doch Scarabea hatte so ein Gefühl, dass das Gespräch in diese Richtung laufen sollte.

»Kein Wunder«, sagte Ariane Schwarz. »Er hat lange im Ausland gelebt und sich in vielen Teilen der Welt für soziale Projekte engagiert.«

»Tatsächlich?« Scarabea tat so, als würde sie diese Information überraschen.

»Bevor er hierherkam, war er dreizehn Jahre lang in der christlichen Mission in Brasilien tätig. Dort hat er unter anderem ein Drogenrehabilitationszentrum und eine Hilfsstation für Straßenkinder errichtet.«

Scarabea beugte sich vor, sodass ihr Kinn beinahe den Schreibtisch berührte. »Das klingt ja spannend. Und was für ein Zufall. Ich habe selbst einige Reisen in dieses beeindruckende Land unternommen. Wo genau war denn diese Mission?«

»Irgendwo im Süden, glaube ich. Moment.« Sie drückte auf der Tastatur ihres Computers herum. »In São Bento do Sul.«

»Ach, wie aufregend. Ist der Herr Pfarrer denn eigentlich verheiratet?«

Ariane Schwarz runzelte die Stirn.

»Ich dachte nur, vielleicht braucht er ja eine Hauswirtschafterin«, beeilte sich Scarabea zu sagen. »Damit könnte ich mir gut meine Rente aufbessern. Wenn ich hierherziehe, muss ich ja irgendwas machen. Ich will schließlich nicht den ganzen Tag zu Hause sitzen und Däumchen drehen.«

»Ja, das kann ich verstehen. Also, Herr Klingbein ist verwitwet. Seine Frau starb bei einem tragischen Unfall in Brasilien. Das war auch der Grund, weshalb er wieder nach Deutschland gekommen ist und sich derart zurückgezogen hat. Am besten sprechen Sie selbst einmal mit ihm über Ihr Angebot. Ich finde, es ist wirklich eine gute Idee und kommt ihm bestimmt gelegen.«

Scarabea klatschte in die Hände. »Das werde ich machen. Haben Sie vielen Dank.«

Ariane Schwarz nickte ihr freundlich zu. »Gern geschehen.«

Sie streckte Scarabea die Hand entgegen. Scarabeas Augen waren jedoch schon wieder auf das Fenster gerichtet.

»Verzeihen Sie meine Neugier, aber dieser schiefe Turm hier fasziniert mich.«

Ariane Schwarz drehte den Kopf zur Seite und schaute ebenfalls kurz aus dem Fenster. »Ja, er ist eine Augenweide, nicht wahr? Doch leider ist er auch einer unserer größten Sorgenkinder. Er kippt nämlich unaufhaltsam weiter.«

»Aber man wird ihn doch irgendwie stabilisieren können?«, fragte Scarabea und klang ernsthaft schockiert.

»Tja, das ist nicht so einfach. Es wurden schon viele Versuche unternommen. Fest steht, dass eine Verfüllung des Baugrundes allein nicht ausreicht. Es gibt einen Rettungsplan, der eine Sicherungskonstruktion mit zwei stützenden Kragarmen vorsieht. Aber um dieses Projekt zu finanzieren, werden rund eine Million Euro benötigt – Geld, das weder die Stadt noch die Kirche aufbringen kann. Wir haben schon unglaublich viele Spenden erhalten, doch von der Million sind wir immer noch weit entfernt. Wenn wir die Summe in den nächsten sechs Monaten nicht zusammenbekommen, dann droht unserem Turm endgültig der Abriss.«

Als Scarabea das Büro von Ariane Schwarz verließ, war sie tief in Gedanken versunken. Von der Sekretärin, die ihr einen verängstigten Blick zuwarf, nahm sie keinerlei Notiz. Auch im Linienbus, auf der Rückfahrt nach Hummelstich, dachte Scarabea über den schiefen Turm nach. Dieses einzigartige Bauwerk abreißen? Das durfte nicht geschehen. Irgendwie musste man das Geld doch zusammenbekommen. Für einen kurzen Moment zog Scarabea ernsthaft einen Bankraub in Betracht.

Zweiundzwanzig Megahertz

Sven Grüneis schaltete den Computer ein. Das Gerät war nur wenige Stunden nach dem Zusammentreffen mit dem Kommissar als Teil der Bürokommunikation, die ihm Pfeiffer versprochen hatte, geliefert worden. Von modernster Technik konnte jedoch überhaupt keine Rede sein. Vorsintflutlich traf es wohl eher. Der hellgraue Röhrenmonitor hatte jedenfalls schon etliche Jährchen auf dem Buckel. Auch nahm er zusammen mit der Tastatur fast zwei Drittel des Stubentisches ein.

Sven Grüneis blickte zu seinem Wandregal, das neben einigen geerbten Büchern viel Nippes enthielt. Dort lehnte Scarabea und hing noch immer ihren Gedanken nach. Irgendetwas schien sie zu beschäftigen. Wie eine Traumwandlerin war sie vor einer halben Stunde auf dem Hof erschienen. Äußerlich war sie unverändert. Ihre schrille farbenfrohe Kleidung leuchtete derart, als hätte sie in einem Regenbogen gebadet. Trotzdem war heute irgendetwas anders als sonst. Ob das die Nachwirkungen des gestrigen Gelages mit ihm und Borwin Wandelohe waren? Sie wirkte seltsam still und in sich gekehrt, als ob sie etwas belasten würde. Etwas, was nichts mit den Ereignissen in Hummelstich zu tun hatte. Minutenlang stand sie einfach nur herum und starrte auf die Figuren und Miniaturbauwerke im Wandregal. Dann fing sie an, unruhig im Zimmer auf und ab zu laufen.

»Wir müssen Nachforschungen zu Theodor Klingbein anstellen«, sagte sie schließlich. »Können wir Ihren Computer benutzen?«

Stolz wie ein andalusischer Autoverkäufer nickte Sven Grüneis, und Scarabea grinste. Jetzt schien sie wieder ganz die Alte zu sein.

Sie zog sich einen gepolsterten Stuhl heran und setzte sich neben ihn vor den Computer.

»Zuerst müssen wir mehr über diese Mission in Südbrasilien

herausfinden, bei der Klingbein angeblich so lange gearbeitet hat«, sagte Scarabea.

Sven gab die Schlagworte »christliche Mission« und »São Bento do Sul« in eine Suchmaschine ein und drückte auf Enter. Dann warteten sie. Die Zeit rieselte wie Sand durch ein Stundenglas, ganz langsam, Körnchen für Körnchen. Allem Anschein nach machte die Verarbeitung der Daten dem Arbeitsspeicher schwer zu schaffen. Sven Grüneis wollte gerade aufstehen und einen Tee machen, da erschienen die Ergebnisse. Zu ihrem Erstaunen verfügte die Mission über eine eigene Website, die in deutscher, englischer und portugiesischer Sprache abrufbar war.

»Hervorragend«, rief Scarabea. »Da steht sogar eine Telefonnummer. Dann brauchen Sie ja jetzt nur noch dort anzurufen.«

Sven Grüneis erschrak. Was sollte er tun? In Brasilien anrufen? Wieso?

Scarabea schien seine Gedanken zu erraten. »Wir müssen Klingbeins Lebenslauf überprüfen, und die Station in Brasilien scheint mir dabei am wichtigsten zu sein. Mit diesem Anruf können wir herausbekommen, ob Klingbein tatsächlich dort gearbeitet hat und, was noch viel wichtiger ist, ob Klingbein wirklich Klingbein ist.«

Sven Grüneis verstand nun gar nichts mehr. Warum sollte der Pfarrer denn nicht der Pfarrer sein?

»Fordern Sie auf jeden Fall ein Foto von Klingbein an. Als Polizist sind Sie Angestellter einer staatlichen Behörde. Man muss Ihnen Auskunft erteilen.«

Sven Grüneis wurde abwechselnd heiß und kalt. Er sah auf das schnurlose Telefon vor ihm, als würde es gleich explodieren. Dann nahm er seinen ganzen Mut zusammen, atmete tief durch und wählte die Nummer. »Sven Grüneis von der deutschen Polizei. Wir überprüfen gerade die Personalien von Theodor Klingbein. Ist es richtig, dass Herr Klingbein früher bei Ihnen gearbeitet hat?«

Er lauschte aufmerksam, dann nickte er Scarabea zu.

»Wir benötigen dringend ein Foto aus dieser Zeit«, sprach er weiter in den Hörer. »Könnten Sie uns bitte per E-Mail eins zusenden?«

Nachdem er eine Antwort erhalten und seine E-Mail-Adresse durchgegeben hatte, bedankte er sich und legte auf.

»Gut gemacht«, lobte ihn Scarabea und strahlte über das ganze Gesicht.

»Sie schicken uns das Foto so schnell wie möglich. Manometer, ist das spannend.«

»Ja, ich glaube, langsam kommt Bewegung in die Sache.«

Sven Grüneis sah auf die Uhr. »Ich müsste kurz nach den Ferkeln schauen.«

»Au ja«, rief Scarabea. »Da komme ich mit.«

Sie gingen in den Schweinestall und lugten vorsichtig in die Ferkelbox. Sowohl das Muttertier als auch die fünfzehn kleinen Ferkel lagen dösend im Stroh. Es war ein äußerst friedlicher Anblick, und in die behagliche Stille mischten sich nur wenige Geräusche. Das sanfte Seufzen der Sau und der ruhige gleichmäßige Atem der Neugeborenen waren am deutlichsten zu hören. Irgendwo raschelte es leise. In diese idyllische Ruhe dröhnte das laute Grunzen von Eber Pit, der in einer der angrenzenden Boxen auf ein Leckerli hoffte, wie ein Pressluft-hammer. Die Sau hob erschrocken den Kopf, und einige der Ferkel blinzelten nervös, schliefen dann jedoch rasch wieder ein. Nur eines blieb wach und reckte seinen kleinen Rüssel in die Luft. Es sah die beiden Menschen an, die sich neugierig zu ihm herunterbeugten.

»Wer bist du denn?«, flüsterte Scarabea und kraulte die winzigen Schweinsohren.

»Das ist Fips«, sagte Sven Grüneis. »Fips, das fröhliche Ferkel.«

Scarabea setzte sich ins Stroh, und das kleine Schweinchen kletterte flink auf ihren Schoß. »Ach, Fips, du rosiger Wonneproppen. Man könnte meinen, du wärst aus Marzipan.«

Sven Grüneis ließ sich neben Scarabea nieder. »Pass bloß auf, Fips, sie hat dich zum Fressen gern.«

Scarabea stieß ihm den Ellenbogen in die Rippen, konnte sich jedoch ein Kichern nicht verkneifen. »Mal ehrlich, was passiert eigentlich mit diesen Schweinchen?«

»Wenn sie groß sind, kommen sie zu Meuselböck.«

Scarabeas Miene verfinsterte sich. Offensichtlich fand sie die Vorstellung, dass dieser süße Fratz einmal zu Würstchen verarbeitet werden würde, nicht gerade berauschend. Für Sven Grüneis war dies jedoch Normalität. Aus diesem Grund züchtete er die Tiere. Er dachte an Erwin Meuselböck, der noch immer im Gefängnis in U-Haft saß. Sie mussten den Metzger da rausholen, und sie hatten noch eine Menge Arbeit vor sich.

Zurück in Sven Grüneis' Wohnzimmer, stellten sie erfreut fest, dass die E-Mail mit dem Foto bereits angekommen war. Sven Grüneis öffnete die Datei, und nach einer weiteren gefühlten Ewigkeit erschien das Bild.

Dem Halbtagspolizisten kippte die Kinnlade herunter. Bis auf die Statur und die Haare hatte der Mann auf dem Foto nichts mit dem Pfarrer gemein. Besonders die Gesichtspartien um Nase und Mund unterschieden sich deutlich.

»Hab ich's doch gewusst.« Scarabea reckte triumphierend das Kinn in die Höhe. »Der Pfarrer ist ein faules Ei.«

»Er ist nicht der Klingbein, der in Brasilien gearbeitet hat. Aber wer ist er dann?«

»Das ist tatsächlich die große Frage in diesem Rätsel.« Scarabea schaute den Computer skeptisch an. »Kommen Sie mit dem Ding auch an polizeiinterne Daten heran?«

Sven Grüneis nickte. »Ja, kann aber etwas dauern. Nach was soll ich suchen?«

»Wissen Sie noch, wann der Pfarrer seine Stelle in Hummelstich angetreten hat?«

»Das muss im August vor drei Jahren gewesen sein. Seine Ankunft war ein ziemliches Ereignis im Dorf und wurde groß gefeiert.«

»Dann sollten wir überprüfen, ob in dieser Zeit beziehungsweise kurz vorher irgendwo ein Straftäter entflohen und von der Bildfläche verschwunden ist.«

Sven Grüneis bearbeitete die Tastatur. Wieder und wieder tippte er Begriffe und Zahlen ein. Dann aber schüttelte er enttäuscht den Kopf. »Niemand, auf den die Beschreibung zutrifft.«

»Mist«, fluchte Scarabea.

Er stimmte ihr zu. »Wenn wir doch nur einen Anhaltspunkt hätten. Einen Fingerabdruck oder so etwas.«

Scarabea horchte auf, nahm ihre Tasche und holte ein Buch heraus. »Ein Fingerabdruck, natürlich! Wieso bin ich da nicht selbst draufgekommen? Dieses Buch hier hat der Pfarrer gestern kurz in der Hand gehabt.«

Sven Grüneis machte ein betrübtes Gesicht. »Leider habe ich nichts hier, womit man die Abdrücke sichern könnte.«

Scarabea seufzte und sah ihn tadelnd an. »So etwas ist doch in jedem gut sortierten Haushalt zu finden. Alles, was wir dafür brauchen, sind ein Blatt Papier, etwas durchsichtiges Klebeband und gemahlene Gewürze. Curry oder Cayennepfeffer sind ideal.«

Curry und Cayennepfeffer?, dachte Sven Grüneis. Er konnte sich nicht daran erinnern, dass das in seinen Lehrbüchern stand.

Scarabea trommelte ungeduldig auf der Tischplatte herum. »Sie werden doch Gewürze im Haus haben?« Als keine Antwort kam, fügte sie hinzu: »Zur allergrößten Not geht auch Kohlenstaub.«

Jetzt lächelte Sven Grüneis. Er verließ den Raum und kehrte nach etwa zehn Minuten mit einem Schälchen voll schwarzem Pulver und den übrigen benötigten Utensilien zurück.

»Na bitte«, sagte Scarabea und nickte zufrieden. Sie nahm die Sachen und stellte sie auf den Tisch. Dann kramte sie ihren Schminkpinsel aus der Handtasche und führte die gleiche Prozedur durch wie an dem Stiel der Axt, welche die Wirtsleute niedergestreckt hatte. Vorsichtig trug sie mit dem Pinsel die pulverisierte Kohle auf den Buchumschlag auf. An den Stellen, an denen es haften blieb, drückte sie Klebestreifen an, strich darüber, zog sie ab und klebte sie auf einen Bogen Druckerpapier. So förderte sie insgesamt acht Fingerabdrücke zutage, fünf davon waren jedoch so schmal und zierlich, dass es sich nur um ihre eigenen handeln konnte. Die übrigen drei waren wesentlich größer. Sie markierte die Abdrücke mit einem kleinen Kreuz und reichte Sven Grüneis das Papier.

»So, jetzt sind Sie an der Reihe.«

Der junge Polizist staunte nicht schlecht über Scarabeas Einfallsreichtum. »Echt klasse«, sagte er, scannte die betreffenden Abdrücke ein, öffnete die digitale Verbrecherkartei und startete den Suchlauf.

Gebannt hielten beide den Atem an. Eine unendliche Vielzahl mehr oder weniger unscheinbarer Visagen raste im Schnelldurchlauf an ihnen vorbei. Dann blieb das Bild urplötzlich stehen. Scarabea und Sven Grüneis schnappten nach Luft. Ein etwa zehn Jahre jüngeres Abbild des falschen Pfarrers war auf dem Monitor erschienen.

»Sein richtiger Name ist Andreas Zwieriem«, las Sven Grüneis. »Er wurde wegen Einbruch, schwerem Raub und Körperverletzung verurteilt und saß von 2006 bis 2010 in der Strafvollzugsanstalt Hannover. Nach seiner Entlassung ist er untergetaucht.«

»Nun, wie wir wissen, ist er danach in die Rolle des unauffälligen Gemeindepfarrers geschlüpft.«

»Aber was geschah mit dem echten Pfarrer? Dem wahren Theodor Klingbein? Glauben Sie, dass Zwieriem ihn ermordet hat?«

»Das scheint die einzige logische Erklärung zu sein.«

Sven Grüneis starrte auf seine Hände. »Ausgerechnet der Pfarrer. Das hätte ich nie gedacht.«

Scarabea strich ihm sanft über den Arm. »Seine Augen. Sie passten irgendwie nicht zu ihm.«

»Ich rufe am besten gleich Kommissar Pfeiffer an.« Sven Grüneis griff zum Telefon, doch Scarabea hielt ihn zurück.

»Das sollten wir lieber lassen«, sagte sie und klang todernst. »Bis jetzt haben wir nichts Konkretes gegen ihn vorzuweisen, alles, was wir wissen, ist, dass er die Identität eines anderen angenommen hat. Ich bin mir sicher, dass er hinter den Morden steckt, und ich will, dass er dafür zur Rechenschaft gezogen wird.«

Sven Grüneis sah sie unschlüssig an. »Aber wie sollen wir ihm das bloß nachweisen?«

Scarabea lächelte verschmitzt. »Mit einer List.«

Dreiundzwanzig Sekunden Todesangst

Dr. Jekyll legte den Kopf zur Seite. Mit seinem bunten Gefieder und den merkwürdig angewinkelten Flügeln erinnerte er an einen tierischen Zirkusclown, der empört die Arme in die Hüften gestemmt hatte. Er gab ein paar krächzende Töne von sich und trippelte ungeduldig auf dem Küchentisch hin und her. Sein Verhalten war ein einziger unausgesprochener Vorwurf: »Wo hast du dich die ganze Zeit rumgetrieben, he?«

Scarabea ließ sich auf einen Stuhl fallen und sah kurz aus dem Fenster. Es war bereits dunkel. »Verzeih mir, mein Schatz. Heute bist du eindeutig zu kurz gekommen.« Sie nahm einen Apfel aus der Obstschale, schälte ihn, schnitt ihn in kleine Stückchen und hielt sie dem beleidigten Papagei hin.

Doch der dachte gar nicht daran, ihr Friedensangebot anzunehmen, sondern marschierte quer über den Tisch, wandte ihr den Rücken zu und begann eine Melodie zu pfeifen. Scarabea erkannte das Lied bereits nach den ersten Tönen. Es war die Moritat von Mackie Messer aus Bertold Brechts »Dreigroschenoper«. Die Nummer war wirklich zirkusreif, dachte sie und stimmte in die Melodie ein: »Und der Haifisch, der hat Zähne, und die trägt er im Gesicht. Und Macheath, der hat ein Messer, doch das Messer sieht man nicht …«

Sie gab die Apfelstückchen in eine kleine Schale, füllte eine weitere mit Hirsekörnern und eine dritte mit frischem Wasser und stellte alles auf dem Küchentisch ab. Währenddessen sang sie: »An 'nem schönen blauen Sonntag liegt ein toter Mann am Strand. Und ein Mensch geht um die Ecke, den man Mackie Messer nannt.« So sangen, pfiffen und summten sie noch eine Weile vor sich hin.

»Dr. Jekyll, es tut mir wirklich leid«, sagte Scarabea schließlich. »Doch bitte sei jetzt nicht so eine Leberwurst.«

Der Ara drehte sich langsam zu ihr um. »Leberwurst?«, krächzte er. »Igitt.« Er watschelte ein paar Schritte mit hocherhobenem Haupt über den Tisch und äugte neugierig in die Schälchen. Dann pickte er zaghaft ein paar Körner heraus und stocherte wie eine verwöhnte Diva in den Apfelstückchen herum.

Scarabea wusste, dass er sich noch eine Weile zieren würde. Sie ließ ihn gewähren und nahm sich ihr Notizbuch vor, um die Aufzeichnungen zu ordnen und durchzugehen. Sie war derart in Gedanken versunken, dass sie nicht bemerkte, wie im Flur das Licht erlosch.

Als die Melodie von Mackie Messer erneut erklang, dachte sie zuerst, es wäre wieder Dr. Jekyll. Doch der Papagei war noch immer über die Schälchen gebeugt. Scarabea spitzte irritiert die Ohren. Das Pfeifen kam irgendwo aus dem Flur, der nun völlig im Dunkeln lag.

Sie hielt inne. Es war jemand im Haus, das spürte sie mit jeder Faser ihres Körpers. Auf einmal war ihr, als wäre die Temperatur im Raum um mindestens zehn Grad gefallen. Eine eisige Kälte kroch ihre Beine hinauf, sodass sie sich ganz steif und taub anfühlten. Sie versuchte, sich nur auf die Melodie zu konzentrieren.

Plötzlich verstummte das Pfeifen. Scarabea starrte durch die offene Küchentür in den dunklen Flur. Da erschien eine Gestalt im Türrahmen. Scarabea fuhr die Angst in die Glieder. Der Eindringling war vollständig in Schwarz gekleidet und hatte sich einen Nylonstrumpf und eine Skimaske über den Kopf gezogen, sodass sie sein Gesicht nicht erkennen konnte. In seinen Händen, die in schwarzen Lederhandschuhen steckten, hielt er ein dünnes Drahtseil.

Die Furcht schnürte Scarabea beinahe die Kehle zu. Sie war vor Schreck wie gelähmt. Zwar wusste sie genau, wo das Filetiermesser lag. Auch die große gusseiserne Bratpfanne hätte sie gut zu ihrer Verteidigung einsetzen können. Doch sie war weder fähig, sich zu bewegen, noch brachte sie auch nur einen einzigen Laut über die Lippen. Mit weit aufgerissenen Augen sah sie, wie der Maskierte langsam auf sie zukam. Er war gekommen, um sie umzubringen, so viel war sicher. Er würde ihr den Draht um den Hals legen und so lange an den Enden ziehen, bis der letzte Funken Leben aus ihr gewichen war. Es würde passieren, und sie konnte nichts dagegen tun. Sie saß in der Falle, so wehrlos wie ein Kaninchen vor der Schlange.

Das Nächste, was sie wahrnahm, war ein schrilles und ohrenbetäubendes Kreischen. Dann sah sie, wie sich Dr. Jekyll vom Tisch abstieß, die Flügel ausbreitete und wie ein Wurfgeschoss im vermummten Gesicht des Angreifers landete. Dieser war so überrascht, dass er einen Satz zurück machte, dabei über eine kleine Fußbank stolperte und das Gleichgewicht verlor. Er ruderte mit den Armen und stürzte zu Boden.

Nun war Dr. Jekyll nicht mehr zu bremsen. Wie eine wilde Bestie hieb er mit Krallen und Schnabel auf das Gesicht des Mannes ein. Dabei zeterte er und schlug so heftig mit den Flügeln, dass man meinte, eine ganze Räuberbande würde sich durch die Küche prügeln.

Scarabea stand noch immer wie angewurzelt da. Die Szene lief wie ein grotesker Film vor ihren Augen ab. Sie konnte kaum glauben, was sie sah, und wäre die Situation nicht so todernst gewesen, hätte sie vermutlich laut gelacht. Der Ringkampf zwischen Mensch und Papagei war tatsächlich das Bizarrste, was sie jemals gesehen hatte. Insbesondere da der Mensch – ohne Frage ein ausgewachsener Mann – dem Tier unterlegen war. Er packte den Papagei mit den Händen und versuchte, ihn sich vom Gesicht herunterzureißen. Doch der Ara tobte und hackte derart, als wäre er der Vogel Roch höchstpersönlich.

Scarabea ahnte, wer der Eindringling war. Sie brauchte gar nicht sein Gesicht zu sehen. Es war derselbe, der sich unter dem Deckmantel der vorgespielten Fürsorge und Barmherzigkeit zu verstecken versuchte. Andreas Zwieriem war zweifellos ein eiskalter und gefährlicher Gegner. Und einer, der nichts zu verlieren hatte. Jetzt gab er jämmerliche Schmerzenslaute von sich, wälzte sich auf dem Boden hin und her und versuchte noch immer, den keifenden Vogel loszuwerden. Dabei stieß er eines der schmalen Regale um, sodass die Gläser, Tassen und Teller, die darin aufbewahrt wurden, allesamt herausfielen und in tausend Stücke zersprangen. Das Regal kippte nach vorn und krachte gegen die Blumenbank, und so mischten sich Blätter, Blüten und feuchte Erde unter die Scherben. Der Angreifer wendete nun seine ganze Kraft auf, und mit einem letzten verzweifelten Ruck zerrte er den wütenden Papagei von sich, schleuderte ihn in den Raum hinein und floh wie ein gehetztes Tier aus dem Haus.

Im selben Augenblick setzte eine gespenstische Stille ein. Scarabea hörte nur noch die wummernden Schläge ihres rasenden Herzens. Allmählich beruhigte sich ihr Puls, die Kälte verschwand aus ihren Gliedern, und auch die Lähmung ließ nach. Sie schüttelte die Arme aus und streckte sich, wie nach einem langen Schlaf. Dann setzte sie vorsichtig einen Fuß vor den anderen. Unter ihren Sohlen knirschte das zerborstene Glas. Noch immer brachte sie keinen Ton heraus. Sie reckte den Hals wie eine Giraffe. Inmitten des Raumes, zwischen verstreuten Alpenveilchen und Pelargonien, zwischen umgestoßenen Blumenkübeln, nasser Erde und all den Scherben hockte Dr. Jekyll.

»Habakuk Unglücksrabe«, piepste er mit der zitternden Stimme eines frisch geschlüpften Entenkükens. Dann brach er ohnmächtig zusammen und blieb starr und regungslos liegen.

Behutsam hob Scarabea ihn hoch, legte ihn auf den Küchentisch und strich vorsichtig über sein gerupftes Gefieder. Es fehlten zahlreiche Federn, doch das war das geringste Problem. Das Blut, das aus einer kleinen Wunde floss, der merkwürdig verbogene Flügel und nicht zuletzt der Kreislaufkollaps bereiteten ihr weitaus größere Sorgen. Dr. Jekyll hatte sie bis aufs Blut verteidigt. Er war tatsächlich ihr tapferster Gefährte.

Formular Nummer vierundzwanzig

Sara Elflein beugte sich über den ramponierten Vogel. Er war noch immer ohne Bewusstsein, doch sein kleines Herz pochte stark und regelmäßig. Die Blutung am Rücken hatte aufgehört, offenbar war er nur oberflächlich verletzt worden. Vorsichtig betastete die Tierärztin den krummen Flügel. »Da hat unser kleiner Freund hier aber noch mal Glück gehabt«, sagte sie. »Wie es aussieht, ist nichts gebrochen.«

Scarabea atmete hörbar auf.

»Das Blut am Schnabel und an den Krallen stammt demnach vom Täter«, sagte Sven Grüneis, der von Scarabea eine knappe Zusammenfassung des Geschehens erhalten hatte und nun Sara Elflein über die Schulter schaute. »Auf jeden Fall sollten wir davon eine Probe nehmen, um später gegebenenfalls einen DNA-Abgleich machen zu können.« Er klang wie eines seiner Lehrbücher.

Sara Elflein nahm mit einem Wattestäbchen etwas von dem bereits getrockneten Blut an der linken Kralle auf und reichte es ihm mit einem Lächeln. Sven Grüneis errötete und ließ das Stäbchen in ein verschließbares Plastiktütchen fallen.

»Ich schicke es morgen früh gleich zu Kommissar Pfeiffer. Und dann werden wir uns Andreas Zwieriem vornehmen. Wenn er es war, brauchen wir uns nur sein Gesicht anzusehen.«

»Aber wir können ihm noch immer nicht die Morde an Henrietta und den Schimmelpfennigs nachweisen«, sagte Scarabea und klang dabei sehr niedergeschlagen.

Sven Grüneis verschränkte die Arme. »Einbruch und versuchter Mord reichen definitiv aus, um ihn für längere Zeit in Gewahrsam zu nehmen. Außerdem ist er vorbestraft. Bestimmt gesteht er die Taten im Verhör.«

Sara Elflein, die dem Papagei gerade eine Spritze verabreicht hatte, räusperte sich. »Ich muss leider gleich weiter. Bauer

Hubertus' Stute erwartet heute Nacht ein Fohlen. Ich komme morgen noch mal vorbei und sehe nach unserem Patienten. Jetzt muss er sich erst einmal gründlich ausruhen.« Sie klappte ihren Arztkoffer zu und winkte ihnen zum Abschied.

»Haben Sie vielen herzlichen Dank«, rief Scarabea ihr nach. Dann holte sie die Flasche mit dem Blutwurzschnaps aus der Diele und goss etwas der rotbraunen Flüssigkeit in ein Sherryglas. Sie sah Sven Grüneis fragend an, doch der lehnte dankend ab. Scarabea trank ihr Glas in einem Zug leer, setzte sich auf einen Küchenstuhl und bettete Dr. Jekyll auf ihren Schoß. Sie sah erschöpft und mitgenommen aus.

»Sie können auf gar keinen Fall hierbleiben.« Sven Grüneis wippte ungeduldig auf und ab. »Es ist durchaus möglich, dass der Täter zurückkommt und es ein zweites Mal versucht. Und Ihr Bodyguard ist erst mal außer Gefecht gesetzt.«

»Ich fürchte, dieser Meuchelmörder muss sich zuerst um sich selber kümmern. Der gute Dr. Jekyll hat ihn ganz schön massakriert.«

»Ist mir egal. Ich werde Sie heute Nacht jedenfalls nicht allein lassen.«

Scarabea genehmigte sich ein zweites Glas Blutwurzschnaps.

»Vielleicht sollten wir uns jetzt gleich noch um Zwieriem kümmern«, gab Sven Grüneis zu bedenken. »Sonst ist er am Ende noch über alle Berge.«

»Das glaube ich nicht. Er ist doch noch immer hinter dem Messerset her. Ohne das wird er sicher nicht verschwinden. Immerhin hat er bereits drei Menschen getötet, um es in seinen Besitz zu bringen.«

»Ein Grund mehr, weshalb Sie nicht hierbleiben können.«

Ein Lächeln huschte über Scarabeas Gesicht. »Sie machen sich definitiv zu viele Sorgen um mich.«

»Das soll wohl ein Witz sein!« Der junge Polizist klang ernsthaft verärgert.

»Tut mir leid«, sagte Scarabea.

Sven Grüneis verdrehte die Augen und seufzte. »In Ordnung, schließen wir einen Kompromiss. Um Zwieriem kümmern wir uns morgen früh. Dafür packen Sie jetzt ein paar Sachen zusammen und ziehen, bis wir den Täter dingfest gemacht haben und keine Gefahr mehr besteht, zu mir.«

Scarabea blickte in ihr leeres Sherryglas. Natürlich war sie heilfroh über das Angebot. Zwar hasste sie es, anderen Leuten zur Last zu fallen, doch Sven Grüneis sah gerade ausnahmsweise einmal nicht so aus, als würde er einen Widerspruch dulden. Dieses neue und bestimmte Auftreten gefiel ihr, ebenso wie die liebevolle Fürsorge des jungen Mannes. Außerdem war sie entsetzlich müde und wollte einfach nur noch schlafen. »Einverstanden.« Sie nahm einen Weidenkorb, stopfte ein kleines Kissen hinein und legte den schlafenden Ara behutsam darauf. Dann packte sie ihr Notizbuch, die Flasche mit dem Blutwurzschnaps, eine Zahnbürste und ein paar Wechselsachen in eine Tasche und nickte Sven Grüneis zu.

***

Intensiver Kaffeeduft kitzelte ihre Nase. Scarabea schlug die Augen auf. Sie lag in einem gemütlich möblierten Gästezimmer, draußen hatte bereits die Morgendämmerung eingesetzt. Sven Grüneis stand neben ihrem Bett und hielt ein Tablett mit einer Tasse Kaffee und einem belegten Brötchen in den Händen.

»Guten Morgen. Tut mir leid, dass ich Sie so früh wecke. Aber ich habe bereits mit Kommissar Pfeiffer telefoniert, er wird in einer halben Stunde hier sein. Ich denke mal, dass Sie den Besuch bei Zwieriem nicht verpassen wollen.«

»Um nichts auf der Welt«, sagte Scarabea und gähnte. Sie setzte sich auf, und Sven Grüneis stellte das Tablett auf ihrem Schoß ab.

»Lassen Sie es sich schmecken.«

»Wow, Sie sind wirklich ein Schatz.«

Sven Grüneis strahlte über das ganze Gesicht. »Dr. Jekyll ist übrigens schon wieder putzmunter. Er hat es sich auf dem Sofa bequem gemacht und prahlt mit seiner Heldentat.«

Eine halbe Stunde später saßen Scarabea und Sven Grüneis in der großen Küche des Bauernhauses Kommissar Pfeiffer gegenüber. Dieser war augenscheinlich schlechter Laune, was vermutlich nicht nur an der Tatsache lag, dass er an einem Samstagmorgen arbeiten musste.

»Also, was ist das nun wieder für eine Geschichte? Ein Raubüberfall?«

Scarabea runzelte die Stirn. »Ich bin gestern Abend in meinem Haus überfallen worden. Die Absicht war jedoch nicht, mich zu berauben, sondern mich umzubringen.«

»Aha. Können Sie Angaben zum Täter machen?«

»Ja, der Täter ist Andreas Zwieriem, ein verurteilter Verbrecher, der in die Identität des Pfarrers Theodor Klingbein geschlüpft ist und seit Jahren unter diesem Namen hier lebt.«

»Langsam, langsam«, rief Pfeiffer. »Sie haben den Täter also zweifelsfrei erkannt?«

»Er ist der Einzige, der einen Grund hat.«

»Haben Sie sein Gesicht gesehen?«

»Nein, er war maskiert.«

»Aber Sie haben seine Stimme gehört?«

»Er hat nichts gesagt, nein.«

»Also, mit anderen Worten: Sie wissen eigentlich gar nichts, und Ihre Verdächtigungen sind reine Spekulation. Und was bitte, glauben Sie, sollen wir da ausrichten?«

Jetzt mischte sich Sven Grüneis ein. »Der Täter hat bei dem Kampf Verletzungen im Gesicht davongetragen, anhand deren wir ihn überführen können. Wir brauchen uns Andreas Zwieriem ja nur einmal anzusehen.«

Kommissar Pfeiffer schlug mit der flachen Hand auf den Tisch. »Grüneis, das ist reine Zeitverschwendung, die Sie hier veranstalten! Ich habe wirklich Wichtigeres zu tun, als respektable Dorfbewohner zu belästigen.«

»Aber –«

»Fallen Sie mir nicht ständig ins Wort. Protokollieren Sie lieber die Angaben der Dame und füllen Sie das Formular Nummer vierundzwanzig für Einbruch und Hausfriedensbruch aus. Senden Sie mir die Dokumente dann am Montag per E-Mail zu. Dann sehen wir weiter.« Damit stand er auf und verließ, ohne ein weiteres Wort zu sagen, das Haus.

Sven Grüneis und Scarabea sahen sich an, als hätte man ihnen eine schallende Ohrfeige verpasst.

»Die Polizei, dein Freund und Helfer«, murmelte Scarabea. »Ist nicht persönlich gemeint.«

»Tut mir echt leid. Ich dachte wirklich, dass er etwas unternehmen würde.«

»Schon gut. Wir haben das Ganze angefangen, also bringen wir es auch zu Ende.«

Sven Grüneis machte ein entschlossenes Gesicht. »Ja, wir nehmen uns Zwieriem vor, und zwar jetzt gleich.«

Es war gerade erst kurz nach halb neun, als sie an die Tür des Pfarrhauses klopften. Scarabea trat von einem Bein aufs andere. Ihre Wangen waren rot vor Aufregung. Auch Sven Grüneis war nervös. Zum ersten Mal seit Rosenmontag hatte er wieder seine Uniform angezogen, und in der rechten Hand hielt er seine Dienstwaffe. Die linke hatte er zu einer Faust geballt.

Die Tür wurde geöffnet und knarrte dabei so laut, als hätte sie einst zu einem Spukschloss gehört. Der falsche Pfarrer erschien wie ein finsterer Geist im Türausschnitt. »Ja bitte? Ach, Sie schon wieder!«

Scarabea und Sven Grüneis starrten mit offenen Mündern in das Gesicht des Mannes. Es war heil und unversehrt.

Fünfundzwanzig Kisten und Koffer

»Das geht doch nicht mit rechten Dingen zu.« Sven Grüneis raufte sich die Haare. »Ich hätte meinen rechten Arm verwettet, dass sein Gesicht voller Blessuren ist.«

»Grünschnabel«, krächzte Dr. Jekyll. Bis auf einige kahle Stellen sah er schon wieder ganz passabel aus. Er saß auf Scarabeas Schulter und rieb seinen Kopf an ihrem Ohr.

»Ich auch.« Scarabea blickte aus dem Fenster, durch das ein dichtes Bündel Sonnenstrahlen direkt in die Küche des Bauernhauses fiel. »Aber egal. Er steckt dahinter, ich weiß es.«

»Dann muss er einen Komplizen haben.«

»Ja, das ist die einzige Erklärung.«

»Und was jetzt?«

Scarabea drehte sich um, und Dr. Jekyll schwankte auf ihrer Schulter hin und her. »Möglicherweise ist der Komplize jemand, mit dem er im Gefängnis gesessen hat. Es wäre gut, wenn Sie in diese Richtung recherchieren könnten.«

»Kein Problem. Was machen Sie?«

»Ich werde meinen Plan vorbereiten, mit dem wir Zwieriem öffentlich demaskieren werden. Ich denke mal, morgen wäre dafür ein guter Tag.«

»Aber da findet das Mopsrennen statt.«

»Und das ganze Dorf wird auf einem Platz versammelt sein. Inklusive einiger Medienvertreter. Kann auf jeden Fall nicht schaden.«

»Hm, ich weiß ja nicht, was Sie vorhaben, aber –«

»Keine Sorge. Morgen ist der Spuk vorüber, das verspreche ich Ihnen.« Es lag eine sonderbare Härte in ihrer Stimme.

Sven Grüneis musterte Scarabea neugierig. Er wusste nicht, was sie im Schilde führte, doch ihre Zuversicht machte ihm Mut.

Kurz darauf kam Borwin Wandelohe vorbei, mit nicht weniger als fünfundzwanzig Kisten und Koffern im Schlepptau. Er war bepackt wie ein Esel. Wahrscheinlich wollte er wieder eine seiner Kochorgien veranstalten. Umso besser, dann hatte Scarabea wenigstens Gesellschaft, und Sven musste nicht die ganze Zeit ein Auge auf sie haben.

Nachdem er seine Tiere versorgt hatte, setzte er sich an seinen altersschwachen Dienstcomputer und suchte nach möglichen Kontakten, die Zwieriem während seiner Gefängniszeit geknüpft haben konnte. Er fand heraus, dass Zwieriem seine Zelle mit drei Männern geteilt hatte. Von diesen war einer bereits tot, und einer saß noch immer im Gefängnis. Der Dritte, Harry Kunz, der wegen Erpressung und Raub gesessen hatte, war seit knapp drei Monaten wieder auf freiem Fuß. Sein aktueller Wohnsitz war angeblich Kassel, und da er bei einem seiner früheren Verbrechen DNA in Form von Hautschuppen am Tatort hinterlassen hatte, war ein Abgleich eine einfache Sache. Sven Grüneis steckte das eingetütete Wattestäbchen, mit dem sie etwas von dem Blut an Dr. Jekylls Kralle sichergestellt hatten, in einen Umschlag und schickte ihn per Kurier an das Kriminaltechniklabor in Frankenhausen. Anschließend rief er dort an, um der Sache den nötigen Nachdruck zu verleihen. Der Kollege versprach, sich bei ihm zu melden, sobald das Ergebnis vorläge – obwohl Wochenende war.

Sven sah auf die Armbanduhr. Es war Viertel vor eins, und in fünfzehn Minuten hatte er eine Verabredung mit dem Ortsvorsteher Karsten Hullalka, um die letzten Details für das morgige Großereignis abzusprechen. Beim Hinausgehen spähte er noch einmal kurz in die Küche, die sich aus irgendeinem Grund in einen Kostümfundus verwandelt hatte. Scarabea und Borwin Wandelohe saßen inmitten von Blusen, Röcken und Kleidern, hielten jeder ein Glas Sekt in den Händen und lachten sich über irgendetwas krumm und schief. Der Papagei thronte auf einem großen Samtkissen und sang ein unanständiges Lied.

»Sven, komm doch rein und trink einen Schluck mit uns«, rief Borwin Wandelohe, der ihn bemerkt hatte.

»Nein, danke. Ich habe noch jede Menge zu tun.« Sven Grüneis verabschiedete sich mit einer kurzen Geste, lief, ohne einen weiteren Moment zu zögern, aus dem Haus, schwang sich auf den Drahtesel und radelte los.

Auf den Straßen des Dorfes herrschte für einen Samstagnachmittag absoluter Ausnahmezustand. Wo normalerweise nur streunende Katzen entlangschlenderten oder ein gemütliches Nickerchen unter einer Linde hielten, wuselten und hetzten nun aufgeregte Zweibeiner durch die Gegend. Mehr als einmal konnte Sven Grüneis mit seinem Rad nur knapp einer dieser menschlichen Dampfwalzen ausweichen. Beinahe wäre er so mit Brunhilde Meuselböck, die ihr Haar auf riesige Lockenwickler gedreht hatte und ein schweres Kuchenblech schleppte, kollidiert. Vor der Apotheke waren zwei dickbäuchige Männer in eine angespannte Diskussion vertieft, hier und da erklangen lautes Poltern und Türenschlagen, und in einem Hauseingang neben der geschlossenen Fleischerei plärrte ein kleiner rothaariger Junge.

Sven Grüneis kannte dieses sonderbare Verhalten der Dorfbewohner gut. Es trat einmal jährlich, immer um die gleiche Zeit, auf, und er wusste, das Beste, was man machen konnte, war, die Ruhe zu bewahren. Das ganze Jahr hindurch fieberten die Menschen auf das Mopsrennen hin, und nun, einen Tag davor, lag so viel Spannung in der Luft, dass man eine Großstadt mit dem daraus gewonnenen Strom hätte versorgen können. Das Tüftlerdorf schlug regelrecht Funken.

***

Scarabea lachte so schallend, dass das ganze Haus wackelte. Seit Borwin Wandelohes Besuch waren die Schrecken des missglückten Mordversuchs völlig verschwunden. In seiner Gegenwart fühlte sie sich so ausgelassen und unbeschwert, als wäre nichts passiert. Der morgige Sonntag lag wie ein rosafarbenes Zuckerwattewölkchen vor ihr. Sie konnte es kaum erwarten, ihren gemeinsamen Plan in die Tat umzusetzen. Borwin Wandelohe lächelte sie verschmitzt an. Jetzt war nur noch eins zu tun: Der Bart musste ab.

Am späten Nachmittag, als wieder Ordnung in der Küche herrschte und alles an seinem Platz stand, kam Sara Elflein vorbei, um noch einmal nach Dr. Jekyll zu schauen. Sie war überrascht, wie schnell sich sein Zustand gebessert hatte. Besonders freute sie sich über seinen gesunden Appetit, denn sie hatte ihm Vitaminperlen mitgebracht, die er nun zärtlich aus ihrer Hand pickte.

Scarabea zog eine kleine violette Pappschachtel aus ihrer Handtasche und hielt sie der jungen Tierärztin hin. »Zum Dank, dass Sie sich so gut um Dr. Jekyll gekümmert haben, möchte ich Ihnen gern einen Keks aus meiner Orakelbox schenken.«

Sara Elflein freute sich wie ein Kind. »Oh, wie aufregend! Ich liebe Glückskekse.«

Sie griff in die Schachtel und zog einen in Folie gewickelten Keks heraus. Ganz im Gegensatz zu Sven Grüneis konnte sie es gar nicht abwarten, ihn zu öffnen. Sie entfernte die Verpackung, brach den Keks in zwei Hälften und zog den kleinen weißen Papierstreifen heraus. Darauf stand in einer zierlichen Handschrift ein einziger Satz geschrieben. Sie überflog ihn kurz, dann las sie laut: »›Gesuchte Liebe ist gut, aber ungesucht ist geschenkte Liebe nicht zu bessern.‹«

Scarabeas Augen leuchteten, und mit einem Mal sah sie der Grinsekatze aus »Alice im Wunderland« zum Verwechseln ähnlich.

»Von wem stammt der Spruch?«, fragte Sara Elflein und steckte sich die beiden Kekshälften in den Mund.

»Von keinem Geringeren als William Shakespeare«, sagte Scarabea und strahlte über das ganze Gesicht. »Ein wahrer Meister der Worte, finden Sie nicht auch?«

»Da gebe ich Ihnen absolut recht. Und ein Meister der Tragödie und des Dramas obendrein.«

»Aber auch der Komödie. Wie es euch gefällt.«

Sara Elflein kicherte und steckte den Papierstreifen in ihr Portemonnaie.

Sechsundzwanzig Möpse

Der Sportplatz von Hummelstich platzte Tags darauf aus allen Nähten. Von überall her waren Besucher und Schaulustige angereist, die von dem ungewöhnlichen Ereignis gehört hatten und sich dieses Spektakel nicht entgehen lassen wollten. Mittlerweile war das Mopsrennen nicht nur für die Hummelstichler eine beliebte Tradition, sondern zog auch jedes Jahr mehr und mehr Menschen aus den umliegenden Städten und Gemeinden an.

Im Zentrum des Interesses standen in diesem Jahr sechsundzwanzig ausgefallene Vehikel, die sich mit ihren stolzen Besitzern an Bord ordentlich aufgereiht auf einer grünen Wiese präsentierten. Viele waren der Jahreszeit entsprechend mit Fliederdolden, frischen Blätterranken und selbst gebastelten Papierschmetterlingen geschmückt, andere waren mit Luftballons, Wimpeln und Fahnen verziert. Scharen von Neugierigen drängten sich um die Gefährte, um sie wie seltene Museumsexponate zu begutachten und mit den Konstrukteuren zu fachsimpeln.

Direkt neben dem Sportplatz war eine kleine Bühne aufgebaut, auf der eine fünfzehn Mann starke Blaskapelle Marschmusik spielte. Gegenüber, auf der anderen Seite des Sportfeldes, hatte man den Schankwagen sowie einen Grill platziert. Dort standen bereits gut drei Dutzend Menschen an, die fröhlich miteinander schwatzten und ihre Nasen sehnsüchtig dem Duft von Bratwurst und Rostbrätel entgegenreckten. Hinter einer uralten Gulaschkanone stand Brunhilde Meuselböck und schöpfte mit einer riesengroßen Kelle Erbsensuppe auf die Teller. Ihre Haare, eine Pracht aus perfekt geformten Locken, hatte sie zu einem hübschen Kranz gesteckt. Nur wenige Meter entfernt begann der Kuchenbasar, wo der Verein der Hummelstichler Landfrauen eine schier endlose Auswahl leckerster Süßspeisen anbot. Der Sportplatz wurde außerdem von vielen kleinen Buden umringt. Da konnte man sich mit Bierkrugschieben die Zeit vertreiben, Rosenbowle trinken oder Produkte des Korbmachers erwerben. Hinter einem Stand voller Kräuter und Gewürze pries ein untersetzter kahlköpfiger Mann ein Unsterblichkeitskraut an, zwei Buden weiter versprach eine dürre, junge Frau Gesundheitschecks mit Hilfe ihres Kristallpendels.

Pünktlich um zehn Uhr begrüßte Karsten Hullalka die Zuschauer und gab den Startschuss für den Wettbewerb. Das Publikum hielt den Atem an, als sich die selbst gebauten Fahrzeuge geräuschvoll, und jede Menge stinkender Abgase ausstoßend, in Bewegung setzten.

Zuerst wurde das Gefährt in der Kategorie »Schnellster Mops« gesucht. Dazu musste in kürzester Zeit eine gerade Strecke von einhundertfünfzig Metern zurückgelegt werden. Es folgte der Wettstreit um den »Kräftigsten Mops«, dabei wurden nach dem K.-o.-Prinzip zwei augenscheinlich gleichstarke Fahrzeuge mit einem Abschleppseil verbunden, und wer es schaffte, den anderen aus dem gekennzeichneten Bereich zu ziehen, der hatte gewonnen. In der Kategorie »Gelenkigster Mops« musste ein mit Holzstämmen und Regenfässern errichteter Parcours abgefahren werden. Zum Schluss wurden der »Schönste Mops« sowie der »Mops des Jahres« gekürt. Die dreiköpfige Jury, die aus Karsten Hullalka, dem Apotheker Carl Feigenbaum und dem Pfarrer Theodor Klingbein bestand, wandelte mit Klemmbrettern und Stiften bewaffnet über den Festplatz und nahm die Fahrzeuge kritisch in Augenschein.

Die insgesamt größte Beachtung und damit auch die meisten Pokale erhielt Erwin Gerber für seinen grün lackierten Gabelmops. Rein optisch waren Fahrer und Gefährt kaum voneinander zu unterscheiden, denn beide sahen aus wie riesengroße Heuschrecken. Doch das skurrile Duo war nicht nur schön anzusehen. Aufgrund der Wendigkeit des Mopses siegte Gerber auch im Hindernisrennen, und obwohl der Ein-Zylinder-Mopedmotor den weitaus stärkeren Vier- und Sechs-Zylinder-Motoren der Gelenkmöpse in Kraft und Ausdauer eigentlich unterlegen war, konnte er doch durch sein erheblich leichteres Gewicht in puncto Geschwindigkeit und Beschleunigung überzeugen.

Als alle Urkunden, Pokale und Anstecknadeln verteilt waren, griff Karsten Hullalka erneut zum Mikrofon. »Liebe Freunde, liebe Gäste. Es ist mir eine große Ehre, nun einen Überraschungsgast anzukündigen. Ich habe selbst erst heute Morgen davon erfahren.«

Im selben Augenblick bog eine große schwarze Limousine um die Ecke und zog die Blicke aller Anwesenden auf sich. Fast geräuschlos glitt das elegante Fahrzeug heran und bahnte sich seinen Weg durch die staunende Menschenmenge. Die Leute rätselten, wer wohl in dem Auto sitzen mochte, und versuchten vergeblich, durch die getönten Scheiben einen Blick ins Innere zu erhaschen. Hier und da hörte man Ausrufe der Bewunderung.

»Das wird vor allem Sie, lieber Theo, freuen«, sagte Hullalka und zwinkerte Klingbein zu, der neben ihm auf der Bühne stand.

Der Pfarrer erbleichte.

Die Limousine hielt neben der Bühne an, und zuerst kletterte der Fahrer, ein junger Mann mit schwarzem Anzug und Chauffeursmütze, heraus. Er umrundete das Fahrzeug, öffnete die hintere Tür und half einer vornehm gekleideten Dame beim Aussteigen. Sie war klein und drall, mit schlanken Beinen, trug ein mondänes royalblaues Kleid und einen großen breitkrempigen Hut, an dem eine lange Feder steckte. Um ihren Hals und an ihren behandschuhten Fingern glänzten edelste Schmuckstücke. Offenbar musste sie sehr wohlhabend sein.

»Bitte begrüßen Sie ganz herzlich die Gräfin von Falkenberg«, rief Karsten Hullalka.

Die Menge johlte und spendete so viel Applaus, als wäre Queen Elizabeth II. höchstpersönlich zu Besuch. Tatsächlich war das Publikum wie geblendet von der noblen aristokratischen Ausstrahlung des so plötzlich erschienenen Ehrengastes. Auch glaubten viele, diese Frau schon einmal irgendwo gesehen zu haben.

Karsten Hullalka griff Theodor Klingbein am Arm. »Unser über alle Maßen geschätzter, hochverehrter Pfarrer ist nämlich ein wahrer Held«, plärrte er ins Mikrofon, um sich wieder Gehör zu verschaffen. Der Lärm ebbte ab, und die Zuschauer lauschten. Auf der Stirn des Pfarrers bildeten sich winzige Schweißtröpfchen.

»Vor einigen Jahren, als er noch in Brasilien lebte, hat er die Gräfin aus einer gefährlichen Notlage gerettet. Sie war Opfer eines hinterhältigen Überfalls geworden, und er hat sich unter Einsatz seines Lebens den Unholden in den Weg gestellt.«

Das Publikum reagierte mit Bravorufen und erneutem frenetischen Applaus. Der Pfarrer blickte panisch um sich.

»Nachdem die Gräfin wieder nach Deutschland zurückgekehrt ist, hat sie die neue Wirkungsstätte ihres Retters ausfindig gemacht, und da sie gerade in der Gegend ist, möchte sie sich nun öffentlich für die vorbildliche Heldentat bedanken. Darüber hinaus möchte sie, als Zeichen ihres Dankes, unserem Dorf eine großzügige Spende machen.«

Unter dem donnernden, tosenden Applaus der Menschenmenge stieg die Gräfin die wenigen Stufen zur Bühne hoch. Sie hob huldvoll die Hand und schritt würdevoll, wie es sich für eine Dame ihres Ranges gehörte, auf Karsten Hullalka zu. Der Ortsvorsteher hielt noch immer den Pfarrer am Arm fest, der nun krampfhaft auf seine Schuhe starrte.

»Welch unermessliche Ehre, Sie kennenzulernen, Gnädigste«, sagte Hullalka und vollführte eine tiefe Verbeugung, wobei er den Pfarrer mit sich riss.

Die Gräfin nickte wohlwollend. Sie kam noch einen Schritt näher und musterte den Pfarrer von oben bis unten. Dann wich sie plötzlich zurück. »Das ist er nicht«, rief sie und ließ mit ihren Worten, die voll bitterer Enttäuschung waren, das Publikum abrupt verstummen. »Das ist nicht Theodor Klingbein«, rief sie noch lauter und entsetzter als zuvor.

Die Menge hielt den Atem an. Alle starrten wie gebannt zu dem Mann mit dem weißen, ringförmigen Stehkragen über dem Hemd.

»Das stimmt«, erscholl da eine Stimme aus dem Publikum. Mit einem einzigen Satz sprang Sven Grüneis auf die Bühne und packte den falschen Pfarrer am Handgelenk. »Der richtige Name dieses Mannes ist Andreas Zwieriem.«

Die Leute tauschten fragende Blicke. Sven Grüneis ließ die Bombe platzen: »Er ist ein skrupelloser Verbrecher«, rief er in das noch immer eingeschaltete Mikrofon.

Nun hatte selbst der letzte Hummelstichler mitbekommen, dass sich auf der Bühne ein Skandal abspielte. In der Menge wurde es unruhig. Einige sahen verängstigt aus, andere schienen nicht glauben zu können, was sie gerade gehört hatten. Fotoapparate wurden gezückt. Überall erklang entsetztes Getuschel.

Sven Grüneis räusperte sich. Der eigentliche Zündstoff kam ja erst noch. »Frau von Maarstein und ich haben ihn schon eine ganze Weile beobachtet, und unser Verdacht hat sich nun bestätigt: Dieser Mann ist der Mörder, nach dem wir suchen. Er hat Henrietta von Eichhorn sowie Berta und Ludo Schimmelpfennig umgebracht.«

Unter den Menschen machte sich wilde Empörung breit. Karsten Hullalka sah aus, als würde er gleich in Ohnmacht fallen, und die Gräfin rümpfte angewidert die gepuderte Nase, kehrte dem ganzen Geschehen den Rücken, stieg in ihre Limousine und fuhr wieder davon.

»Nichts als haltlose Anschuldigungen«, keifte Zwieriem. »Sie können mir nichts beweisen!«

Darauf hatte Sven Grüneis nur gewartet. Seit dem Anruf von der Kriminaltechnik, bei dem er erfahren hatte, dass der DNA-Abgleich einen Treffer gelandet hatte, wusste er, wie er Zwieriem festnageln konnte. »Leugnen ist zwecklos. Vor etwa einer Stunde ist Harry Kunz, Ihr Komplize, verhaftet worden. Er hat bereits alles gestanden.«

Das war freilich bloß ein Bluff, doch von Scarabea hatte er gelernt, dass ein solcher Trick manchmal wahre Wunder bewirken konnte. Und so war es auch diesmal. Andreas Zwieriem riss sich das Kollar aus dem Kragen und funkelte die versammelte Menschenmenge böse an.

»Ihr Kleingeister!«, brüllte er. »Ihr begriffsstutzigen Dumpfbacken! Ihr hattet ja überhaupt keine Ahnung, welchen Reichtum diese alte Schachtel in euer Dorf gebracht hat. Walnussgroße Edelsteine, alle zusammen ein Vermögen wert. Niemand von euch hätte dieser Versuchung widerstehen können.«

Sven Grüneis verstärkte seinen Griff um Zwieriems Arme, und mit einem leisen Klicken schnappten nur Sekunden später die Handschellen zu.

Mitten in der Menge sah Sara Elflein mit leuchtenden Augen zu dem jungen Polizisten hinauf. Für einen Moment begegneten sich ihre Blicke, und Sven Grüneis lächelte ihr zu. Zum Glück konnte sie nicht sehen, dass seine Knie so weich wie Karamellpudding waren.

Siebenundzwanzig Karat

Scarabea zog einen imaginären Hut vom Kopf und vollführte eine Verbeugung, die fast bis auf den Boden reichte. »Eure Durchlaucht, Ihr wart phänomenal!«

Auf dem samtenen Polster des Ohrensessels thronte Borwin Wandelohe. Er hatte das royalblaue Kleid samt Korsett, die Handschuhe, den riesigen Hut mit Feder und die Absatzschuhe von sich geworfen und rieb sich die geschwollenen Füße. Nur der Schmuck und die dicke Make-up-Schicht im Gesicht erinnerten noch an die Maskerade. Er wedelte affektiert mit der Hand. »Stets zu Euren Diensten, Gnädigste. Stets zu Euren Diensten.«

Scarabea brachte ihm die Tasche mit seiner Kleidung, die sie vorsorglich in ihrem Haus deponiert hatten, sowie einen Waschlappen und eine Schüssel mit warmem Wasser, damit er sich abschminken konnte.

»Das ist doch vortrefflich gelaufen«, sagte sie.

»Ja, und ein Spaß war es obendrein. Hast du ihre verzückten Gesichter gesehen, als ich auf die Bühne gestiegen bin? Es war wie im Märchen. Einfach unbezahlbar.« Er tunkte seine Hände in die Waschschüssel und klatschte sich einen Schwall Wasser ins Gesicht.

»Das liegt daran, dass du ein großartiger Schauspieler bist. Du bist in der Rolle der Gräfin ja regelrecht aufgegangen. Ich glaube, dass niemand auch nur den geringsten Schimmer hatte, dass du in diesem altmodischen Fummel gesteckt hast.«

Sie reichte ihm ein Handtuch, und er rubbelte sich das Gesicht trocken. Jetzt sah er fast wieder aus wie vorher, nur der schwarze gezwirbelte Schnurrbart fehlte. Sie köpften eine Flasche rubinroten Sekt und stießen auf die geglückte Scharade an.

Wenig später klopfte es an der Haustür, und Sven Grüneis trat ein. Er strahlte über das ganze Gesicht.

»Wir haben es geschafft«, rief er und hob triumphierend die Arme. »Zwieriem hat gestanden, und Kunz haben wir auch geschnappt.« Voller Übermut stürmte er auf Scarabea zu, stemmte sie in die Höhe und drehte sich im Kreis. Sie lachte, und als er sie wieder absetzte, küsste er sie auf die Wange. In seinen Augen explodierten die Endorphine wie Feuerwerkskörper.

Scarabea schenkte ihm ein Glas Sekt ein und drückte ihn sanft auf das Sofa. »Jetzt hol erst mal Luft, und dann schön der Reihe nach.«

Zu ihrer Überraschung leerte er das Glas in einem Zug. Borwin Wandelohe kicherte.

»Also, ich habe Zwieriem zu Kommissar Pfeiffer nach Frankenhausen gebracht, und dort hat er dann ausgepackt. Hat uns die ganze Geschichte erzählt. Nach seiner Entlassung wollte er ein neues Leben anfangen. Nicht als besserer Mensch, sondern als ein anderer. Er wollte eine Identität, die ihm Schutz gab, in der er nicht mehr der verurteilte Verbrecher war, jemand, der nicht geächtet wurde und der nicht ununterbrochen im Visier der Polizei stand. Dann gabelte er einen Anhalter auf. Theodor Klingbein, den echten Pfarrer. Der erzählte ihm seine ganze Lebensgeschichte, von seinen Jahren im Ausland, vom Tod seiner Frau und von der angenehm ruhigen Stelle in Hummelstich, die er in wenigen Tagen antreten wolle. Dass er keine Kinder oder sonstige Verwandte hatte, die ihn vermissen und suchen würden, spielte Zwieriem natürlich in die Hände. Er erschlug den Pfarrer und versenkte die Leiche in einem Waldsee. Dann durchwühlte er den Koffer, den Klingbein dabeigehabt hatte, probierte die Kleidung an, die ihm wie angegossen passte, nahm die persönlichen Gegenstände des Pfarrers an sich und kam nach Hummelstich. Am Anfang war er skeptisch, ob man ihn nicht durchschauen würde, deshalb zog er sich, sooft es ging, zurück.«

Sven hielt Scarabea noch einmal sein Sektglas hin, was sie mit einem Lächeln im Gesicht auffüllte. Er nahm einen tiefen Schluck, dann sprach er weiter. »Mit der Zeit, als er merkte, dass man ihm die Rolle abkaufte und niemand ihm misstraute, entspannte er sich. Zwieriem sagte, es wäre die glücklichste Zeit seines Lebens gewesen, und manchmal hätte er sogar selbst vergessen, wer er eigentlich war. Dann zog Henrietta von Eichhorn ins Dorf und mit ihr eine Versuchung, der er nicht widerstehen konnte. Dass sie im Besitz eines wertvollen indischen Messersets war, wusste praktisch jeder, denn die Neuigkeit wurde von Tür zu Tür getratscht. Er dachte, dass es ziemlich ungerecht sei, dass ein Mensch, der sein Leben fast hinter sich hatte, auf so einem Reichtum saß, und in ihm reifte der Entschluss, diesen Schatz an sich zu bringen. Ursprünglich hatte er die Absicht, einfach nur die Messer zu stehlen, doch Henrietta war eine Stubenhockerin und nicht aus dem Haus zu kriegen. Er konnte nicht nach den Messern suchen, also ermordete er Frau von Eichhorn.«

»Mit dem Herzmedikament«, murmelte Scarabea.

»Ja. Er drang in einem unbeobachteten Moment in das Haus ein und löste heimlich das Digitoxin, das er ein paar Tage zuvor zu diesem Zweck aus Hullalkas Tasche gestohlen hatte, in ihrem Tee auf. Anschließend durchsuchte er das ganze Haus, doch die Messer fand er nicht. Nur wenige Stunden später lag ein Erpresserschreiben in seinem Briefkasten. Die Schimmelpfennigs hatten ihn beim Verlassen des Hauses beobachtet und, als wenig später Frau Meuselböck die tote Henrietta fand, eins und eins zusammengezählt. Sie schickten ihm noch am selben Tag den Erpresserbrief, der nur ein einziges Wort enthielt: Leichenfledderer. Sie hatten nämlich gar keine Ahnung, dass er Henrietta von Eichhorn umgebracht hatte, sondern dachten, er wolle sich an ihrem Besitz bereichern. Das wiederum wusste Zwieriem natürlich nicht, er dachte, die Schimmelpfennigs hätten ihn überführt. Er hatte ein gigantisches Problem am Hals, und wieder fiel ihm nur eine einzige Lösung ein: Mord.«

Borwin Wandelohe kratzte sich am Kinn. »Die Beschreibung ›Doppelmord der bestialischsten Sorte‹ trifft es wohl eher.«

Sven Grüneis nickte nachdenklich. »Mit der außerordentlichen Brutalität wollte er vom Mord an Henrietta ablenken.«

»Genau das hatten wir ja vermutet«, sagte Scarabea und

bedeutete Sven mit einem kurzen Lächeln, dass er fortfahren solle.

»Zwieriem beschaffte sich Erwin Meuselböcks Axt, um eine falsche Fährte zu legen und ihn in Verdacht zu bringen. Was bei Kommissar Pfeiffer ja auch bestens funktioniert hat. Nach seiner blutrünstigen Tat riss er noch schnell die ihn belastende Seite aus dem Erpresserbüchlein. Dann versuchte er erneut, das Messerset an sich zu bringen.« Er sah Scarabea an und nahm ihre Hand. »Er hat dich auf Schritt und Tritt verfolgt, und als du bei Borwin warst, brach er bei dir ein und verwüstete, da er die Objekte seiner Begierde wieder nicht finden konnte, das Wohnzimmer.«

»Was ist mit dem Komplizen, diesem Harry Kunz?«, fragte Scarabea. »War er von Anfang an in die Sache involviert?«

»Nein, der kam erst später dazu, erst als Zwieriem dich aus dem Weg räumen wollte. Ich glaube, er hatte einfach Angst, dir persönlich gegenüberzutreten.«

»Ist das dein Ernst?«

»Ja, so sieht's aus. Du jagst skrupellosen Mördern Angst und Schrecken ein. Aber als wir gestern vor ihm gestanden und in sein unversehrtes Gesicht gestarrt haben, muss er sich ziemlich ins Fäustchen gelacht haben.«

»Das kann ich mir vorstellen. Ich dachte wirklich, mich tritt ein Pferd.« Scarabea schenkte noch eine Runde Sekt nach.

»Damit ist nun alles geklärt«, sagte Sven Grüneis und kippte die perlende Flüssigkeit beherzt in sich hinein.

»Alles, bis auf eines«, fügte Borwin Wandelohe hinzu.

Scarabea nickte. »Das Mysterium der verschwundenen Messer. Henrietta muss jedenfalls ein bombensicheres Versteck für sie gefunden haben. Auch ich habe sie bisher nicht finden können.«

»Vielleicht hat das Versteck ja irgendwie mit dem Zirkus zu tun«, schlug Borwin Wandelohe vor.

»Sie hat mir einen Brief geschrieben, und darin stand, dass ich in der indischen Schatulle nachsehen soll. Die war aber leer.«

Borwin Wandelohe brach in schallendes Gelächter aus. Er lachte und lachte und kriegte sich gar nicht mehr ein.

»Was ist daran so komisch?«, fragte Scarabea.

Borwin Wandelohe wischte sich die Tränen aus dem Gesicht. »Die indische Schatulle?« Ein weiterer Lachanfall ließ seinen Körper erbeben. Scarabea und Sven Grüneis sahen sich fragend an.

»Was ist denn damit?«

Mit einem leisen »Hicks« verebbte Borwin Wandelohes Lachen. Jetzt hatte er sich einen Schluckauf eingehandelt. »Die indische Schatulle, hicks, findet bei verschiedenen Zirkusdarbietungen, hicks, Verwendung. Hicks. Es handelt sich dabei, hicks, nämlich um eine, hicks, Trickschachtel.«

»Eine Trickschachtel?«, fragten Sven Grüneis und Scarabea gleichzeitig.

»Hicks«, machte Borwin Wandelohe. Er hielt die Luft an und trank sieben kleine Schlucke Sekt. »Ah«, sagte er dann erleichtert. »So ist es besser.«

»Trickschachtel?«, rief Scarabea ungeduldig.

»Also, diese Schatulle gibt nicht jedem ihr Inneres preis. Da ist mehr, als man auf den ersten Blick sieht.«

»Er spricht noch immer in Rätseln«, sagte Sven Grüneis.

Scarabea sprang auf. »Ein doppelter Boden? Ist es das?«

Borwin Wandelohe klatschte in die Hände. »Sehr richtig, meine Liebe.«

Scarabea holte die türkisfarbene Box herbei und stellte sie auf den Couchtisch. Ganz langsam hob sie den Deckel, und alle drei spähten neugierig hinein. Die Schatulle war noch immer leer.

»Dort«, rief Borwin Wandelohe plötzlich und deutete auf die untere rechte Ecke.

Scarabea konnte einen kurzen, dünnen Faden erkennen. Sie zog daran, ganz vorsichtig erst, denn sie fürchtete, dass er abreißen könnte. Als sich nichts rührte, zog sie fester, und die Spitze der Ecke bewegte sich tatsächlich ein wenig nach oben. Sie zog weiter und hob so, Millimeter für Millimeter, den Boden an, bis sie ihn schließlich herausnehmen konnte. Im selben Augenblick kamen fünf zierlich geschwungene Wurfmesser zum

Vorschein. Die schmalen Klingen glänzten, als wären sie eben erst poliert worden, und an jedem Griff funkelte ein walnussgroßer geschliffener Edelstein. Da waren ein weißer Diamant, ein hellblauer Topas, ein blutroter Rubin, ein dunkelgrüner Smaragd und ein kornblumenblauer Saphir.

Eine ganze Weile standen Scarabea, Sven und Borwin wie angewurzelt da und bewunderten die schönen Steine. Dann legte Scarabea die Messer zurück in die Schatulle und klappte den Deckel wieder zu. »Braucht noch jemand einen Schnaps?«, fragte sie.

Sven Grüneis und Borwin Wandelohe nickten beide. Offenbar hatte es ihnen die Sprache verschlagen.

»Was hast du jetzt damit vor?«, fragte Sven Grüneis, als er sich mit Hilfe von zwei Gläsern Blutwurzschnaps von dem Schreck erholt hatte, und zeigte auf die Messer in der Schatulle.

Scarabea zuckte mit den Schultern. »Ich weiß nur, dass ich sie nicht behalten werde. Zu viel Blut ist wegen ihnen schon vergossen worden. Vielleicht kann ich mit dem Erlös etwas Gutes tun. Es gibt immer Projekte, die finanziert werden wollen.«

»Das ist eine ausgezeichnete Idee«, lallte Borwin Wandelohe.

Sven Grüneis sah ihn mit einem Mal verwundert an und blinzelte, als wäre sein Sehvermögen getrübt. »He, Borwin, was ist eigentlich mit deinem Bart passiert?«

Achtundzwanzig Wochen später

Auf dem Frühstückstisch dampften zwei Tassen Kaffee. Eine geschwungene Glaskaraffe war bis zum Rand mit frisch gepresstem Orangensaft gefüllt, daneben stand ein großer töner-ner Topf mit selbst gemachter Marmelade. Sven Grüneis sog den köstlichen Duft von Toast mit Speck und Spiegeleiern ein und blickte liebevoll zu der schönen Frau, die ihm gegenübersaß. Der raue Herbstwind klatschte nasses welkes Laub gegen die Fensterscheiben und pfiff eine stürmische Abschiedsmelodie. Für die kommenden Tage war Schnee vorausgesagt. Bald würde es Dezember sein, und sie würden ihr erstes gemeinsames Weihnachtsfest feiern. Er und Sara und das Kind, das sie erwartete. Sein Kind. Was war er doch für ein Glückspilz! Auch das marode Dach war repariert, und sie standen finanziell so gut da, dass sie sich für die Feldarbeit sogar eine Hilfskraft hatten leisten können.

Das alles hatten sie Scarabea von Maarstein zu verdanken. Er dachte an ihr gemeinsames Abenteuer zurück und wusste, dass es ihn hatte stärker und reifer werden lassen. Tatsächlich war ihm, als wäre sein Rücken während der Ermittlung ein ganzes Stückchen breiter geworden. Von seinen Vorgesetzten war er für die Lösung der Mordfälle ausgezeichnet und befördert worden. Von überall her waren Stellenangebote ins Haus geflattert. Er hatte sie alle abgelehnt. Nichts auf der Welt würde ihn von hier wegbekommen. Hier war seine Familie, sein Zuhause.

Das Leben in Hummelstich hatte wieder zur Normalität zurückgefunden. Das Wirtshaus war von den Heinemanns übernommen worden und lief besser als jemals zuvor. Die Meuselböcks betrieben weiter ihre Metzgerei und gehörten zu den beliebtesten und angesehensten Bürgern im Dorf. Der Apotheker hatte sich mit seiner Frau versöhnt und wegen seiner Spielsucht eine Therapie begonnen. Die Ruhe-Brüder, die nun das Bestattungsmonopol im Dorf besaßen, hatten ein großes Fest organisiert und ihre zukünftige Kundschaft zu Wurst und

Bier eingeladen – eine Versuchung, der kein Dorfbewohner hatte widerstehen können. Selbst die freie Pfarrstelle war mit einer jungen, engagierten Pastorin besetzt worden. Die Wunden, die das grausige Verbrechen in das Dorf gerissen hatte, heilten langsam, aber sicher ab.

Trotzdem war Sven Grüneis manchmal etwas wehmütig zumute. Am meisten vermisste er seine Freunde. Scarabea hatte nach der Klärung der Mordfälle nicht mehr lange gefackelt. Über das Auktionshaus Christie's in London hatte sie das indische Messerset zu Geld gemacht. Wie hoch der Erlös genau gewesen war, wusste er nicht, doch es musste eine stattliche Summe gewesen sein. Besonders bei dem dunkelblauen Kaschmir-Saphir musste es sich um ein sehr seltenes und damit auch sehr wertvolles Juwel gehandelt haben. Jedenfalls hatte Scarabea ihm und Borwin Wandelohe eine äußerst großzügige Summe geschenkt. Borwin konnte sich davon eine Rund-um-die-Uhr-Versorgung für seine kranke Mutter leisten und erfüllte sich den lang gehegten Traum einer Weltreise. Erst vor wenigen Tagen war ein Brief von ihm aus Marrakesch eingetroffen. Scarabea wiederum hatte eines Morgens an Svens Haustür geklingelt und ihn herzlich umarmt. Dann war sie in ihren Bücherbus gestiegen und so plötzlich verschwunden, wie sie aufgetaucht war. Das war jetzt fast zwei Monate her, und seitdem hatte er nichts mehr von ihr gehört.

Sie brauchte ihre Freiheit, das war ihm klar. Das Abenteuer, den Nervenkitzel, die ständige Herausforderung. Doch ein kleiner Hoffnungsschimmer in ihm blieb, denn sie hatte ihr Haus nicht verkauft. Vielleicht stand sie eines Tages mit ihren quietschbunten Klamotten, den schrägen Kontaktlinsen und dem durchgeknallten Papagei ja wieder vor den Toren von Hummelstich. Vielleicht? Nein, es musste vielmehr heißen: bestimmt.

»Das ist ja toll!«, rief Sara und riss ihn aus den Gedanken. Sie hatte die Tageszeitung aufgeschlagen und war über einen Artikel auf der ersten Seite gebeugt.

»Was gibt's denn, Liebling?«

»Frankenhausen hat für die Rettung des Schiefen Turmes eine anonyme Spende in Höhe von einer Million Euro erhalten. Hier, lies mal.« Sie reichte ihm das Blatt.

Der Schiefe Turm ist gerettet

Anonyme Spende sichert die Zukunft des Wahrzeichens von Frankenhausen. Sanierungsprojekt kann unverzüglich starten.

Wie ein Sprecher der Stadtverwaltung von Frankenhausen bestätigte, hat die Stadt vor Kurzem eine anonyme Spende in Höhe von einer Million Euro erhalten. Das Geld wurde von einem Notar überbracht und ist an die Bedingung geknüpft, es ausschließlich für die Sanierung des Schiefen Turmes zu verwenden. Es handelt sich um genau die Summe, die zur Rettung des Wahrzeichens benötigt wird. Der Bürgermeister, der Stadtrat, die evangelische Kirchengemeinde sowie die Bürger von Frankenhausen zeigten sich überwältigt von so viel Großzügigkeit. Das Sanierungsprojekt werde schon in den kommenden Tagen starten, erklärte der Bürgermeister. Er bittet den anonymen Spender, sich zu melden, um sich persönlich bei ihm bedanken zu können.

Sven Grüneis legte die Zeitung beiseite und kicherte.

Nachwort

Phantasie und Realität liegen oft dicht beieinander. So ist es auch im vorliegenden Buch.

Bei dem Mopsrennen handelt es sich um einen realen Brauch, der alljährlich in Hachelbich, einem Ortsteil der thüringischen Gemeinde Kyffhäuserland, stattfindet. Der Ideenreichtum der Konstrukteure ist wahrlich bemerkenswert. Mit viel Liebe zum Detail übertrumpfen sie sich jedes Jahr aufs Neue.

Auch den schiefen Kirchturm gibt es wirklich. Er steht in Bad Frankenhausen, einer kleinen bezaubernden Stadt im Norden Thüringens, und gehört ganz sicher zu dem überschaubaren Kreis an außergewöhnlichen Bauwerken, die man einmal in seinem Leben gesehen haben sollte. Mir jedenfalls stockte bei seinem Anblick der Atem, sieht es doch, wenn man ganz nah dran ist, so aus, als würde er jeden Moment umfallen. Bleibt zu hoffen, dass dies nie geschieht und er dauerhaft stabilisiert werden kann.

Anhang

Blutwurzschnaps

nach einem Rezept von Henrietta von Eichhorn

»Ess Durmentill und Bibernell, dann stürbst net so schnell«, dichtete der Volksmund im Mittelalter. Damals galt Blutwurz, auch Tormentill oder Durmentill genannt, als wirksames Mittel gegen die Pest.

Blutwurz gehört zur Familie der Rosengewächse und ist in Mittel- und Nordeuropa heimisch. Die etwa dreißig Zentimeter große Pflanze erkennt man gut an ihren leuchtend gelben Blüten. Man findet sie auf Wiesen, in Niedermooren und in Mischwäldern. Verwendbar ist nur der knollige Wurzelstock, der einen blutroten Farbstoff enthält, welcher der Pflanze ihren Namen verleiht. Durch ihren hohen Gerbstoffgehalt wirkt sie wundheilend und blutstillend und kann Entzündungen im Mund- und Rachenbereich lindern. Innerlich angewendet, hilft Blutwurz gegen Magenschmerzen, rheumatische Erkrankungen, Durchfall und Gicht.

Zutaten:
100 g Blutwurz (getrocknete klein geschnittene Wurzelstücke)
100 g Zucker
50 g Kandiswürfel
1 EL Kakaoschalen
jeweils 2 Zitronen- und Orangenscheiben
2 Zimtstangen
4 Sternanis
5 Nelken
3 Liter Korn

Zubereitung:
Die Zutaten in drei Litern Kornschnaps ansetzen, an einem warmen Ort stehen lassen und gelegentlich umrühren. Nach vier bis fünf Wochen abseihen und in Flaschen füllen.
Prost.

Bunte Papageien-Spieße

nach einem Rezept von Scarabea von Maarstein

Wer denkt, dass es Dr. Jekyll oder seinen gefiederten Artgenossen für dieses Rezept an den Kragen geht, der irrt. Es handelt sich dabei nämlich um einen farbenfrohen Kuchen, der, originell serviert, ein besonderer Hingucker auf jeder Party sein wird. Versprochen!

Zutaten:
300 g Mehl
5 Eier
300 g Butter
250 g Zucker
2 Päckchen Vanillezucker
2 Päckchen Backpulver
250 ml Milch
1 TL geriebene Zitronenschale
1 Päckchen Waldmeister-Götterspeise
1 Päckchen Rote-Grütze-Pulver
1 Päckchen Vanillepuddingpulver
1 Päckchen Schokoladenpuddingpulver
1 TL Kakaopulver
grüne, rote und gelbe Lebensmittelfarbe
5 EL Aprikosenkonfitüre
100 g gehackte Pistazien

Zubereitung:
Backofen auf 180 Grad vorheizen. Butter mit Zucker und Vanillezucker schaumig schlagen. Eier zufügen und unterrühren. Mehl mit Backpulver mischen und nach und nach untermengen. Dann Milch und geriebene Zitronenschale zufügen und alles zu einem glatten Teig verrühren.
Den Teig in vier gleich große Portionen teilen und jede Portion in eine eigene Schüssel geben. Den Teig in der ersten Schüssel mit der Waldmeister-Götterspeise sowie ein paar Tropfen grü-

ner Lebensmittelfarbe verrühren. Die zweite Portion Teig mit dem Rote-Grütze-Pulver und etwas roter Lebensmittelfarbe mischen. In die dritte Schüssel das Vanillepuddingpulver einrühren und ein paar Tropfen gelber Lebensmittelfarbe dazugeben. Teig Nummer vier mit Schokoladenpuddingpulver und Kakaopulver vermengen.
Ein Backblech einfetten oder mit Backpapier belegen. Den Teig im Wechsel löffelweise nebeneinander aufs Blech geben. Zum Schluss mit einem Stäbchen von rechts nach links und von oben nach unten durch den Teig ziehen – so entstehen schöne Muster. Das Backblech in den Ofen schieben und bei 180 Grad etwa 25 Minuten backen. Nach dem Backen den Kuchen mit Aprikosenkonfitüre bestreichen und mit gehackten Pistazien bestreuen. Dann den Kuchen abkühlen lassen, in Würfel schneiden und auf Holzspieße stecken.

Mediterranes Kaninchenragout

nach einem Rezept von Borwin Wandelohe

Zutaten:
1 küchenfertiges Kaninchen
200 g Zwiebeln
2 Knoblauchzehen
2 Möhren
500 g Tomaten
100 g entsteinte Oliven
5 EL Olivenöl
250 ml trockener Weißwein
50 ml Sherry
je 5 Zweige Thymian, Majoran und Basilikum
½ Bund glatte Petersilie
Salz und Pfeffer
Mehl

Zubereitung:
Die Tomaten häuten, entkernen und in kleine Würfel schneiden. Möhren putzen und würfeln. Knoblauch schälen und fein hacken.
Das Kaninchen zerteilen, dann die Teile abspülen, trocken tupfen, mit Salz und Pfeffer einreiben und mit etwas Mehl bestäuben. Öl in einem Bräter erhitzen und die Kaninchenteile darin anbraten. Anschließend mit dem Sherry übergießen.
Zwiebeln schälen und vierteln, zugeben und im Bratfett glasig werden lassen. Klein geschnittene Tomaten, Möhren und Knoblauchzehen zufügen. Thymian, Majoran und Basilikum untermischen. Alles salzen und pfeffern und mit Wein übergießen. Bei geringer Hitze etwa 90 Minuten schmoren, dabei gelegentlich umrühren. Die Oliven und restlichen Kräuter zufügen. Bei Bedarf etwas Brühe zugießen.
Je nach Wunsch kann dieses Gericht mit Rosmarinkartoffeln serviert werden.
Guten Appetit!